文春文庫

烏百花　蛍の章

阿部智里

文藝春秋

目次

用語解説

山　内（やまうち）
山神さまによって開かれたと伝えられる世界。この地をつかさどる族長一家が「**宗家**（そうけ）」、その長が「**金烏**（きんう）」である。東・西・南・北の有力貴族の四家によって東領、西領、南領、北領がそれぞれ治められている。

八咫烏（やたがらす）
山内の世界の住人たち。卵で生まれ鳥の姿に転身もできるが、通常は人間と同じ姿で生活を営む。貴族階級（特に中央に住まう）を指して「**宮烏**（みやがらす）」、町中に住み商業などを営む者を「**里烏**（さとがらす）」、地方で農産業などに従事する庶民を「**山烏**（やまがらす）」という。

招陽宮（しょうようぐう）
族長一家の皇太子、次の金烏となる「**日嗣の御子**（ひつぎのみこ）」若宮の住まいだったが、朝廷の移管後は兵達の詰所として利用されている。

桜花宮（おうかぐう）
日嗣の御子の后たちが住まう後宮に準じる宮殿。有力貴族の娘たちが入内前に后候補としてここへ移り住むことを「**登殿**（とうでん）」という。ここで妻として見初められた者がその後「**桜の君**（さくらのきみ）」として桜花宮を統括する。

山内衆（やまうちしゅう）
宗家の近衛隊。養成所で上級武官候補として厳しい訓練がほどこされ、優秀な成績を収めた者だけが護衛の資格を与えられる。

勁草院（けいそういん）
山内衆の養成所。15歳から17歳の男子に「**入峰**（にゅうぶ）」が認められ、「**荳兒**（とうじ）」「**草牙**（そうが）」「**貞木**（ていぼく）」と進級していく。

藤宮連（ふじみやれん）
大紫の御前に忠誠を誓う女たち。主な役割は後宮の警護であるが、諜報活動なども行う。

羽林天軍（うりんてんぐん）
北家当主が大将軍として君臨する、中央鎮護のために編まれた軍。別名「**羽の林**（はねのはやし）」とも呼ばれる。

谷　間（たにあい）
遊郭や賭場なども認められた裏社会。表社会とは異なる独自のルールによって自治されている。

人物紹介

奈月彦（なづきひこ）【若宮・日嗣の御子】
宗家に生まれた金烏として、八咫烏一族を統べる。

雪　哉（ゆきや）
かつては若宮の近習をつとめ、勁草院を首席で卒業し山内衆となる。北家当主・羽林天軍大将軍・玄哉の孫。

真赭の薄（ますほのすすき）
西家の姫、絶世の美女。かつては若宮の正室の座を望んでいたが自ら出家して、浜木綿付の筆頭女房となる。

浜木綿（はまゆう）【桜の君】
若宮の正室。南家の長姫・墨子として生を受けるが、両親の失脚により、一時身分を剝奪された。

大紫の御前（おおむらさきのおまえ）
南家出身の現皇后。金烏代との間に長束をもうける。後宮において絶大な権力を握る。

冬　木（ふゆき）
北家の姫。生まれつき体が弱いが垂氷郷郷長の息子・雪正に嫁ぐ。

長　束（なつか）
出家前の名は長束彦。若宮の腹違いの兄で、明鏡院院主。日嗣の御子の座を若宮に譲るが、復位を画策する母と周囲が若宮を暗殺しようとした過去がある。

澄　尾（すみお）
若宮の護衛筆頭を務める山内衆。西領出身。山烏の生まれながら、文武に優れた秀才。

茂　丸（しげまる）
山内衆。雪哉の勁草院時代からの親友。体が大きく優しい性格で皆に慕われている。

明　留（あける）
若宮の側近。真赭の薄の弟で西家の御曹司。中退するまで、勁草院で雪哉たちと同窓だった。

千　早（ちはや）
山内衆。南領出身。勁草院時代、同期の明留達に妹ともども苦境を救われた。

結（ゆい）
千早の妹。目が不自由であり、過去には谷間で遊女に混じり、楽士として働いていた。

恋に焦がれて鳴く蟬《せみ》よりも　鳴かぬ蛍《ほたる》が身を焦がす

外唄　『山家鳥虫歌』より

烏百花

蛍の章

単行本　二〇一八年五月　文藝春秋刊

しのぶひと

端午《たんご》がやって来た。

山々は絢爛《けんらん》たる光を受け、緑の宝玉のような若葉のきらめきにあふれているが、日嗣《ひつぎ》の御子《みこ》の妻たる桜《さくら》の君《きみ》が統括する桜花宮《おうかぐう》は、どこよりも華やかであった。

すうっと鼻から喉に抜けるような香りは、あちこちに吊るされた薬玉《くすだま》から漂うものだ。蓬《よもぎ》と菖蒲《しょうぶ》で作られたそれは摘みたての花で飾られ、吹き込む風によって五色の紐をゆらゆらと揺らしている。

桜花宮前の馬場において競馬《くらべうま》が行われるのは、実に三年ぶりのことであった。

山内《やまうち》における端午の節句は、主に一日目の薬狩《くすりが》りと、二日目の競馬によって構成されている。

薬狩りはもともと、その名の表す通り、薬草を摘んだり、鹿の角を取ったりする神事であった。実際、一日目においてもっとも重要だとされるのは、八咫烏《やたがらす》一族の長たる金《きん》烏《う》が、典薬寮《てんやくりょう》で飼っている九色《くしき》の鹿の角を取る『角落とし』と呼ばれる神事である。だが今では、『角落とし』と同時に、中央の所有するいくつかの狩場で、実際に猟を行うこともされるようになっていた。本格的な夏に備えて体力をつけるため、若い青年貴族を中心に狩りを行い、捕らえた獲物を宮中に献上するのである。

その際、どうやって狩りを行ったのかを再現するのが、二日目の競馬の儀式であった。人間と、三本足の大烏という、二つの姿を持つ八咫烏の一族において、同族の八咫烏を『馬』として使役し、騎乗することが許されるのは一部の特権階級に限られる。狩りを行う青年貴族達は、この日のために選りすぐられた見事な大烏《うま》の背に乗ったまま、土器《かわらけ》でつくられた赤い鹿の像に向けて矢を射るのである。

競馬の馬場は中央にいくつかあり、どこで行うのかは山神《やまがみ》さまの神意をうかがって神官が決定することになっていたが、それでも、桜花宮が三年以上選ばれないことはまずなかった。その実、この儀式は、神意などとは全く別の思惑で行われている側面があるからだ。

桜花宮の崖の側面に建てられた透廊《すきろう》には、外から見えないように薄い御簾《みす》がかけられている。

その内側には、桜の君に仕える女房達が腰を下ろし、さりげなく装束の端を御簾の下からのぞかせていた。緑色の御簾からはみ出るそれらの色は、薬玉にさされた芍薬《しゃくやく》やつつじの花のように色鮮やかで、目に楽しい。

それを、桜の君に仕える筆頭である真赭《ますほ》の薄《すすき》は、他人事のように見つめていた。

今、真赭の薄がいるのは、女房達が並ぶ透廊を見下ろすことの出来る舞台の上である。透廊の向かいにある山との中間地点には、空に向けて突き出した岩があり、その上には赤い鹿の像が立てられている。黒々とした翼を広げる大鳥に乗った青年貴族達は、かわるがわるやって来ては鹿の像に向け、弓を引く動作をもったいぶったように繰り返していた。

彼らは気のないそぶりをしながらも、横目ではしきりと御簾の方を気にしている。おそらくは、美しい出衣《いだしぎぬ》を通して、持ち主の女の容色に思いを馳せているのだろう。

実際、御簾うちの女達もそれを分かっていて、いかにして見栄え良くしようかと四苦八苦していた。その努力を知っている真赭の薄は、長柄傘《ながえがさ》の下から、彼らの様子をどこか微笑ましい気分で見やっていた。

桜花宮に仕える女房は、その多くが若く美しい娘達であり、普段、貴族の子弟たちとまみえる機会は滅多にない。家同士の都合で、相手の顔も知らないまま夫婦とされてしまうことも多かったから、競馬を口実にして、面通しをするのが通例となっていた。

競馬が桜花宮で行われた年は、他の馬場で行われた年よりも、貴族同士の婚姻がうまくいくことが多いという。中には、高位の姫に見初められたことを機に出世を果たす場合もあったから、中下級貴族の男達は、ことさら気合を入れて今日に臨んでいるのだった。

数年前だったら、ほんのわずかな着物の裾の美しさに誰よりもこだわっていたのは自分であっただろうと、真赭の薄は冷静に考えた。だが、豊かに波打っていた髪が尼削ぎへと変わった今となっては、どうでもよい話である。

最高権力者である金烏のもと、山内は東西南北の四つの領に分けられ、その実質的な統治は、四家と呼ばれる四大貴族に任されていた。

東領は東家《とうけ》、南領は南家《なんけ》、西領は西家《さいけ》、北領は北家《ほっけ》。

領によって異なる特産と得手とする技術を持ち、最高の品や人材が宮廷へと送り込まれることで、山内の中央は回っていた。

真赭の薄はそのうち、工芸を得意とする西家の一の姫として生まれついた。ほんの少し前まで、日嗣の御子たる若宮《わかみや》の后《きさき》候補であった女性《にょしょう》である。

四家から桜花宮へと美姫《びき》が送り込まれ、若宮に后を選ばせる段となっても、その美貌は群を抜いていた。真赭の薄を送り出した西家は、若宮が彼女を選ぶものと疑っていなかったが、結局、桜の君になったのは、西家と敵対する南家出身の娘であった。

真赭の薄は幼い頃から、自分が桜の君になるものと頑なに信じていた。

何より、幼少の頃に出会った記憶のまま、美青年へと成長した若宮のことを誰よりも恋しく思っていたから、百万が一にでも、自分が選ばれないなんてことになれば、きっと生きてはいけないだろうなどと考えていた。

しかし現実は、そう思い描いていたようにはいかなかった。

いざ、后選びのために対面した若宮は、真赭の薄にとって、ちっとも魅力的な男ではなかったのだ。

あろうことか后候補達に対して、「別に特別好きでもないし、将来、裏切ることがあるかもしれないが、それでも構わないなら入内《じゅだい》を許す」とのたまう始末だ。

傲慢《ごうまん》さを隠すことなく、自分に想いを寄せる姫たちの恋心を、踏みにじった。

誇り高い真赭の薄にとって、到底、看過することの出来ない所業であった。

むしろ、それを受け入れた南家の姫が心配になり、勢いで出家して、彼女付きの女房となってしまったくらいである。

西家の者達は絶望した様子だったが、自慢の長髪を切り捨てた瞬間、まるで憑《つ》き物《もの》が落ちたかのように、真赭の薄は色恋に興味を失った。

女房として仕えるようになった後、若宮は、冷徹にならざるを得ない状況だったのだと知ったが、厳しい事情を知りつつも后となることを選んだ南家の姫に感心しこそすれ、もう、若宮の妻となる自分を想像することは、全く出来なくなっていた。

己の中にこんな一面があったとは意外だったが、恋におぼれる自分よりも、己の矜持《きょうじ》を守り通せた自分の方が、好ましかったのだから仕方ない。

——儀式が始まってから、もう半刻は経つだろうか。

そろそろ、最後の射手がやって来る頃である。

最後の一人は、この儀式の花形射手だ。

花形射手は、前座である青年貴族らの真似事ではなく、実際に矢を放ち、鹿の像を射抜かなければならなかった。無事に射抜ければ吉兆、射抜けなければ凶兆とされてしまうから、かなりの大役である。

今年の花形射手は、真赭の薄のよく知る人物であると聞いている。

上級武官の養成所に入ってしまってからはなかなか会えていなかったが、さて、あの小さな少年は、無事に役目を果たすことが出来るだろうか。

ふと、遠くから、振りたてられる鈴の音が聞こえた。

「来ますよ、真赭の薄さま」

自分の傍に控えた女房が、緊張した声を上げる。

鈴を鳴らすのは射手ではなく、先触れだ。

しゃんしゃんしゃんしゃん、と、けたたましく鈴を鳴らしながら先導する大烏は、先ほどの青年貴族達よりも、ずっと速く飛んでいった。

いくらなんでも、あれは速度を出しすぎではないかと、ヒヤリとするくらいだ。

だが、飛び抜けていった先導の大鳥の後ろから、全く同じ速さで射手がやって来る。

大鳥の背中に伏せていた騎乗の人は、ふと、滑《なめ》らかな動作で体を起こした。

銀糸の織り込まれた、涼しげな浅葱《あさぎ》色の袖が翻《ひるがえ》り、あぶみの金がきらりと光る。

伸び上がるように背筋を伸ばした射手は、太ももでがっちりと大鳥の背中を挟み込んだまま、流麗な動作で弓のつるを引いた。

ひゅうん、と。

笛のような高らかな音を立てて放たれた矢は、吸い込まれるようにして土器の鹿を射抜いた。

当たったことを示す鉦《かね》が鳴らされるのを聞くまでもなく、パアン、と音を立てて、鹿の像が砕け散る。

わっと歓声が上がり、速度を落とした射手が、ゆるやかな弧を描いてこちらへと戻って来る。

その際、盛り上がる透廊の前を通ったが、他の青年達と違い、彼はそちらに一瞥《いちべつ》もくれることはなかった。

下に待機していた青年達が飛び上がり、彼の後ろへと続く。

華々しく着飾った貴族達を引き連れて、花形射手――北家の貴族であり、かつての若宮の近習《きんじゅう》、真赭の薄が弟のように思っていた少年が、真赭の薄の待つ舞台の上へとすべるように降りて来た。

いや、これはもう、少年とは言えまい。

軽やかに下馬した青年が、真赭の薄に向かってにこりと笑いかけてきた。

「ご無沙汰しております、真赭の薄さま」

親しげに掛けられた聞き覚えのない声は、この年頃の男《おのこ》に特有の、やわらかなかすれ声だった。

真赭の薄はあっけにとられた。

誰だ、これは。

いや、名前は知っているし、それを問うのは馬鹿げていると分かっている。

だが、何度も会っている者なのに、まるで別人のようだった。

「あなた……雪哉《ゆきや》なの？」

「はい。桜の君に、端午の『薬』をお届けに参上つかまつりました」

まじまじと見ると、確かにそれは雪哉の顔だったが、やはり、別人と思っても仕方がないくらいに変わっていた。

かつて、子どもらしく丸みを帯びていた頬は、いまや武人特有のしっかりした骨格も明らかに、青年らしく引き締まった輪郭を描いている。健康そうに日に焼けた顔の中で、幾分淡い色の瞳がきらきらと光っており、身長も、姿を見ないここしばらくの間にぐっと伸びていた。今では真赭の薄が見上げるほどである。

すっかり、狐にでも化かされたような気分だった。

「真赭の薄さま？」

怪訝《けげん》そうに問われて我に返り、慌てて慣例通りの答えを返す。

「よう、参らせられました。桜の君も、さぞお喜びでしょう」

「恐悦至極《きょうえつしごく》に存じます」

うやうやしく頭を下げた雪哉は、背後へと目配せをする。

すると、一団の後ろから黒服の武人達が足早に進み出て、三方に載せた鹿肉や角、薬草などを並べ始めた。

目録にあるもの全てが揃ったことを確認し、真赭の薄は頷《うなず》く。

「確かに、受け取りました」

「桜の君さまに、何卒よろしくお伝え下さいますよう」

爽やかに一笑した雪哉はひらりと飛び上がり、再び大鳥の背中におさまった。

「それでは、失礼いたします」

軽く会釈をすると、力強く声をかけ、舞台から飛び上がる。

興味津々にこちらを見やっていた派手な装いの青年貴族達も、名残惜しげな様子を見せながら、雪哉の後に続いた。

彼らが飛び立ち、朝廷の方へと帰って行くのを見送ってしまうと、舞台の上には桜の君に届けられた『薬』と女房達、そして、桜花宮へと運び込むのを手伝うために残ってくれた、数人の武人達だけとなった。

その武人の中に、ここにあるはずのない顔を見つけ、真赭の薄は目を見開いた。

「澄尾《すみお》。あなた、こんなところにいてよろしいの？」

色黒で、武人にしては幾分華奢な体格をした彼は、常は護衛として若宮の傍らに仕えている存在である。

宮廷人たちから「うつけ」の名をほしいままにしている若宮は、何か気になることがあると、平気で儀式をすっぽかすという悪癖を持っていた。しかも、その妻である桜の君はそれをたしなめるどころか、進んで協力する節があるものだから始末に負えない。

昨日も、若宮がお忍びで宮中を抜け出したことを受けて、桜の君が文字通り身代わりとして、若宮がいるはずの招陽宮《しょうようぐう》へと出て行ってしまったのだ。本来なら、桜花宮から出るはずのない桜の君の不在がばれやしないかとはらはらしていたのが、ここに澄尾がいるということは、あちらはどうにかなったのだろうか。

澄尾は軽く苦笑して駆け寄って来ると、真赭の薄から少し距離を置いて立ち止まった。

「ご心配をおかけしましたが、無事に、若宮は招陽宮にお戻りになりました。桜の君も、夜にはこちらへお戻り頂けるでしょう」

今は招陽宮にいらっしゃいますので、と周囲の者には聞こえない大きさの声で告げられて、「そう」と真赭の薄は安堵の息をつく。

若宮夫妻が無茶をした時、尻拭いをするのは決まって澄尾と真赭の薄の仕事となっていた。慣れてしまった感のある自分がそら恐ろしい気もしたが、それを言うのも今更である。

肩の荷が下りてしまえば、やはり気になるのは、先ほどのことであった。

「驚きましたわ。花形射手は雪哉になったと聞いてはいましたけれど」

「ああ……。あいつ、大きくなったでしょう？」

「あの子、前に会ったときはわたくしより小さいくらいだったのに」

真赭の薄の実弟は、上級武官の養成所――勁草院《けいそういん》へ、雪哉と同時に入っている。今でも時々会う機会があるが、それでも、あんなに急に背が伸びたりはしていなかった。

「外書いわく、男子三日会わざれば、という奴ですかね」

苦笑する澄尾に、真赭の薄はしみじみと呟いた。

「成長が、嬉しいような、寂しいような……」

これは果たして、喪失感なのだろうか。

あの無邪気な少年はいなくなってしまったのだと思うと、喜ぶべきことだとは頭では分かっていても、なんとも名状しがたいものがあった。

＊　＊　＊

桜花宮を出た足で、澄尾は招陽宮へと舞い戻る。

つい最近になって護衛に加わった青年達は緊張した面持ちをしていたが、澄尾が戻ったのを見ると、一斉にほっとした顔つきとなった。

まあ、無理もない。

彼らが守る離れの中にいるのは、主君ではあるが、常識では測れない夫婦である。突然のわがままに対応するのは、彼らにはいささか荷が重い。澄尾がいないうちにとんでもない命令をされたらどうしよう、と戦々恐々としていたらしい彼らは、即座に澄尾を中へと通した。

「戻ったぜ」

とても主に対するものとは思えない気安い口調で声をかけ、澄尾は扉を開く。

窓に面した文机《ふづくえ》の前で、見た目のよく似た格好をした若い夫婦が、くつろいだ様子で茶を飲んでいた。

「ご苦労だったな」

桜花宮はどうだった、と聞いてきた美青年は、澄尾の幼馴染であり、かつ、忠誠を誓った主でもある若宮殿下である。

薄紫の着流しにくせのない黒い髪を流し、平然とあぐらをかいている。

「無事に終わった。桜の君が不在なのも、当然だが気付かれてねえよ」

「雪哉はどうだった？」

　面白がるように言ったのは、夫と全く同じ格好をした、桜の君——浜木綿《はまゆう》姫《ひめ》である。部屋着といえど、これも男装をしていることになるのだろうか。しょっちゅう若宮の身代わりになっている長身の姫君の姿は、これ以上なくさまになっていた。

「そっちも、全く問題ありません。ですが、桜の君さまへは『不在のまま儀式を進めるなどということは、もう金輪際《こんりんざい》ないようにしてください。そして、なるべくお早くお戻りくださいませ』と、真赭の薄さまより伝言です」

　浜木綿に対しては幾分かしこまって返答すると、男装の姫君はけらけらと声を立てて笑った。

「あいつも懲りないな。言っても聞かないと、いいかげん分かりそうなものだが」

「言わずにはおれないということでしょう」

　自分も全く同じ気持ちだったので、わずかに感情をこめて言ったのだが、主君夫妻にささやかな皮肉は全く通用しなかった。

「それにしても、真赭の薄が貴族連中に顔を見せちまったってことは、これからうるさくなるだろうね」

「と、言うと？」

尋ね返した若宮に、浜木綿はふふん、と鼻を鳴らす。

「決まっている。縁談だよ」

若宮は「ああ……」と眉尻を下げた。

「真赭殿《ますほどの》の場合、出家した、というのは、あまり問題にはならないか」

「むしろ、出家したって気を抜いて、顔を見せちまったのは逆効果だったと思うね」

浜木綿の言葉に、澄尾は内心で「確かに」と同意する。

若宮の后候補だった時は華やかな装いに手を抜かなかった真赭の薄であるが、女房として浜木綿に仕えることに決めて以後は、色味を抑えた地味な格好を好むようになっていた。しかしそれは、山内一の美姫と謳《うた》われたその容色を損なうどころか、むしろ彼女自身の持つ輝きを、それまで以上に引き立てているように見える。

今日だって、『薬』を引き渡すわずかな間だけでも、青年貴族達の目を釘付けにしてやまなかったのだ。

「還俗《げんぞく》させるさせないは、主である私の胸ひとつだからねえ。見てな。明日から、桜花宮にはひっきりなしに文が届くようになるよ」

口端を吊り上げた浜木綿に、若宮はふむ、と軽く首をかしげた。

「その様子だと、お前は真赭殿の縁談に乗り気なのか？」

「決まっているだろう。あの、真赭の薄だぞ！　あんなに美しくて気立ての良い娘を、飼い殺しにする趣味は私にはないんだよ」

そんな勿体《もったい》ないことが出来るか、と浜木綿は叫ぶ。

「もちろん、下手な貴族にくれてやるつもりはない。真赭の薄を娶《めと》ることは、そっくりそのまま西家を味方につけることになるからな。いるだろう？　西家の力が必要で、おあつらえ向きのお相手が」

話の向かう先に気付いたらしい若宮が、きゅっと口をへの字にした。

「おい……」

「いい機会だ。何度も言っていることだが、お前、真赭の薄を側室に迎え入れろ」

自身の正室に鋭い目で睨まれた若宮は、うんざりしたようにため息をついた。

「私とて、何度も言っているだろう。西家を味方にするといえば聞こえは良いが、そうすれば間違いなく、西家系列の貴族が調子付くと」

「今のお前に、そんな贅沢《ぜいたく》をほざいている余裕があるか。お前は政敵ばかりで、ただでさえ味方が少ないんだ。門閥《もんばつ》が幅をきかせるのには目をつぶってでも、地盤を固めるべきではないのか」

「そこは、決して目をつぶれない問題だ。今後の宗家《そうけ》の方針に関わる話ゆえ、そう、安易な方法をとるべきではない」

「それでもたもたして殺されでもしたら、意味がないだろうと言っているんだ」

こうなってしまうと、完全に澄尾が嘴《くちばし》を挟める次元の話ではなくなる。

沈黙する護衛の前で、とても夫婦のものとは思えない口論は、どんどん過熱していった。

「ふざけるな、真赭の薄のどこが不満なんだ！　あの娘は絶対、いい母親になるよ。私が男だったら、間違いなく真赭の薄を正室にしていたね」

貴様の目は節穴か、と浜木綿は若宮の胸倉をつかみ上げた。

「論点がずれている。私は別に、真赭殿に不満があるわけではない」

「当たり前だ。不満を言うようならこの場ではったおしてくれるわ」

「ちょっと待て。そなた、真赭殿の一体何なのだ」

「私は真赭の薄の主で、貴様の妻だ。その私が良いと言っているんだぞ。側室に迎え入れるに、他に何の問題がある」

「問題だらけだ。とにかく、真赭殿の入内は認めない」

されるがままになりながら全く退かない若宮を、浜木綿は舌打ちした後、唐突に解放した。

澄尾は新たに注ぎ直した冷茶を、二人の前にそっと差し出す。

――いささか激しいやり取りではあるが、これが、この変わり者夫婦なりのじゃれあいであるのは承知している。

玻璃《はり》の碗を受け取った浜木綿は、一息に飲み干した後、半眼になって若宮を見据えた。

「……知っているんだぞ。お前、西家の当主と次期当主から、あいつを側室に迎え入れるようにとせっつかれているだろう。あまり無下《むげ》にしていては、問題になるのではないか？」

浜木綿よりも幾分行儀良く茶を飲んだ若宮は、透明な碗をトンと床に置いた。

「だとしても、だ。家の関係からして、真赭殿を側室に迎えることは出来ない」

「どうしてもか」

「どうしてもだ」

決して演技というわけではなく、浜木綿は残念そうな顔となった。

「では、どうする。真赭の薄を出家させたままにしておくのは、あまりに惜しい」

今度は、若宮も素直に首肯《しゅこう》を返す。

「それに関しては同意見だ。可能ならば、四家の紐帯《ちゅうたい》を強めるのに一役買って欲しいものだが」

浜木綿は真剣に思案する顔となった。

「四家に、そう年頃の青年貴族がいたかね？　咄嗟《とっさ》に思いつくのは、東家の青嗣《あおつぐ》か、北家の喜栄《きえい》くらいだが……」

「どちらもすでに正室がいるだろう。真赭殿を、まさか側室にするわけにもいくまい」

「じゃあ、傍流にまで候補を増やすしかないが、そうすると今度は西家と家格がつりあうかが問題になってくるぞ」

どうしたものか、と唸《うな》った二人に、それまで黙って話を聞いていた澄尾は、軽く咳払いをした。

「どうした、澄尾」

「何か名案でもあるのか」

同じ顔で揃って振り返った二人に、澄尾は苦笑する。

「……名案かは分からないけどな」

ひとつ提案がある、と。

＊　＊　＊

緑の雨が、勁草院の瓦を容赦なく濡らしている。

軒先から延々と滴《したた》る雨は透明で、灰色の外の世界と室内を、淡々と隔て続けていた。

「悪いなあ、雪哉。手伝ってもらっちまってよ」

眉を八の字にして大きな体を丸める茂丸《しげまる》に、雪哉は軽く笑った。

「いいから、さっさとこんなもん終わらせちまおう」

今日の実技の授業は、雨と院士《せんせい》の都合により座学へと振り替えられた。雪哉本人は早々に課題を終えてしまったが、心優しくも座学にはめっぽう弱い親友のために、丁寧に解説をしてやっているところであった。

山内の統治者一族の護衛集団は、山内衆《やまうちしゅう》と呼ばれている。

山内衆になるためには、有力者による推薦をもらった後、養成所である勁草院に入り、三年間の修行に耐えなければならない。その修練は厳しく、脱落していく者が後を絶たなかった。

身につけるべきは、『剣術』『弓射《きゅうしゃ》』の他、大烏《うま》の乗り方や飛び方を学ぶ『御法《ぎょほう》』などの実技のほかに『礼楽《れいがく》』や『明法』などの座学を合わせた、六芸四術二学《りくげいしじゅつにがく》の素養とされていた。

初年度は座学で学ぶべきことも多かったが、二年目ともなると、その比率はもっぱら実技へと偏るようになる。大してやる意味もない課題を終えてしまえば、ほとんど休暇と同じになるから、院生達は好き勝手に、あちこちで羽を伸ばしていた。

もうじき、終業の時間だ。

教官に文句を言われない程度に茂丸の課題を仕上げ、さて、何かつまみに厨《くりや》にでも行こうかと立ち上がりかけた時だった。

「おい、雪哉。お前、最近随分とお盛んらしいな」

同輩から掛けられた声に、雪哉は振り返った。

「お盛んって、何が」

「とぼけるなよ」

「端午の節句以降、艶書《えんしょ》がひっきりなしに届けられたって聞いたぞ」

「桜花宮に勤める女の子達からな」

雪哉を見る連中の顔には、皮肉っぽい笑みが浮かんでいる。

「さすが、競馬《くらべうま》で花形をつとめた貴族さまは違うねえ」

――これは、やっかみ半分、からかい半分といったところか。

そこまで深刻にはならない気配を感じて雪哉は苦笑したが、それにあっけらかんと答えたのは、隣にいた茂丸だった。

「でもこいつ、それ、全部断っちまったんだぜ」

だからお盛んってのは違うと思うぞ、と呑気《のんき》に続けられて「嘘だろ！」とあちこちから悲鳴が上がった。

「馬鹿じゃねえのか」

「せっかくの機会だったのに！」

「お前、何のために花形射手をやったんだよ」

嚙み付くようにあれこれ言われて、雪哉はうんざりと返す。

「別に俺は、なりたくて花形射手になったわけじゃないから。他に、やれる奴がいなかったってだけのことだよ」

それを言った瞬間、食堂《じきどう》の隅で本を読んでいた男がぴくりと肩を震わせたが、雪哉を取り囲む者達はそれには気付かず、はああ、と大げさに嘆息したのだった。

「もったいねえ」

「せめて、一度くらい会えばよかったのに」

彼ら自身にそういう話があったわけでもないのに、何故か未練がましい様子が鬱陶《うっとう》しい。

「いや、それであっちが本気になったら、面倒くさいだろう」

投げやりに言った瞬間、その場の空気が露骨に冷たくなった。

「こいつ……」

「くそやろうが……」

「いつかばちが当たって、めちゃくちゃ痛い目を見ればいいのに……」

怨嗟《えんさ》の声が渦巻く中、ただ一人、茂丸だけが興味深そうに雪哉の顔を覗き込む。

「じゃあお前、一体、どういう娘さんだったら付き合う気になるんだ？」

「あれ。茂《しげ》さんも気になるの？」

「おうよ。お前、そういう話は全然しないからな」

親友からの思わぬ追撃に、そうだな、と雪哉は頰を掻いた。

「俺の身に何かあった時に頼れる実家があること。家格がつりあい、婚姻によって何らかの政治的な利益があること。それで、冷静に状況判断が出来て、夫婦間に恋愛感情を絶対に持ち込まないと約束できる女なら、少しは考えるかな」

大真面目に返答したつもりだったのに、話を聞いていた同輩達は一斉に顔を引きつらせた。

「いや、そういうんじゃなくてだな」

「色白がいいとか、胸がおおきいとか、そういう軽い回答を求めてたんだが」

何だこいつら、と雪哉はいよいよ面倒になってきた。

「見た目なんて、年くえばみんなしわくちゃで同じようなもんでしょ。美人を抱きたいなら花街《はなまち》に行きゃいいじゃないか」

しんと静まり返った中、同輩のひとりが低くうめいた。

「……今後、雪哉のことを格好いい、とか言う女の子に出くわしたら、俺達は殴ってでも止めてあげるべきなんじゃないだろうか」

「同意見だ」

「そうかあ？　俺は、妹に恋仲として雪哉を紹介されても、別に考え直せとは言わないけどな」

「茂さんは雪哉に甘過ぎだよ！」

「妹さんがかわいそうだ」

なんとも言えない雰囲気になった一同の中、茂丸はどこか困ったように雪哉を見た。

「でも、せっかく夫婦になる相手に恋心を持っちゃいけないってのは、確かに寂しい気がするな」

茂丸の言葉に、雪哉は、自分でも冷ややかに見えることを自覚している顔で笑った。

「一時の盛り上がりに任せて番《つがい》になったところで、絶対に幸せになんかなれないよ。燃え上がるような恋情がさめたあとに残るのは、どうしようもない現実だけだ」

ならば、最初から感情を介さずに婚姻を結んだほうがずっといいと、雪哉は本気で思っていた。

「どうせ、俺みたいな貴族が祝言《しゅうげん》を挙げる場合には、政治がついて回るしね。寂しいも楽しいもないさ。相手には何も望まないし――俺に、何か望まれても困る」

騒いでいた者達は気まずそうに黙ったが、茂丸は雪哉を哀れむように、しみじみとした口調で呟いた。

「お前が本気で恋する相手ってのは、一体、どんな子なんだろうなぁ……」

「そんなおひとが現れるとは思えないし、別に欲しいとも思わないね」

ばん、と大きな音がした。

見れば、それまで黙っていた男が、読んでいた本を机に叩きつけ、荒々しく立ち上がったところであった。

「明留《あける》？　どうした」

戸惑う同輩達を一顧だにすることなく、「千早《ちはや》！」と明留は不機嫌に声を上げた。

「小雨になったようだ。僕の鍛錬に付き合え」

呼ばれた千早は、壁に背を預けて目をつぶっていたが、その声にうるさそうに片目を開いた。

千早は身分が低く、明留の実家である西家の後ろ盾によって院生でいられる部分があるため、事情をよく知らない者からは、明留の付き人のように思われることもままあった。しかし、勁草院は実力主義である。

優秀な千早が実技でおくれがちな明留を見かね、ぶっきらぼうにも面倒を見てやっている、というのが本当であった。

貴族にありがちな命令するような口調に、いつもだったら揶揄《やゆ》のひとつでも返しただろうが、明留の不機嫌の原因に、何か察するものがあったらしい。

やれやれ、とでも言いたそうな顔のまま、特に口を開くでもなく、明留に続いて食堂を出て行ったのだった。

　ぽつぽつと雨粒は垂れているものの、日は出ているし、風もない。大鳥《うま》の速さを決めるのは、そもそもの大鳥の良さよりも、御者の腕によるところが大きい。明留は、大鳥に姿を変えた千早の背中にまたがると、射場を出来る限りの速さで飛び抜けた。

　びゅうびゅうと風が顔を切る。

　ここ、と見定めた目印のところで姿勢を起こして弓を引くも、放たれた矢は見当違いの方向へと飛んで行ってしまった。

「ちくしょう」

　的の前を通り過ぎ、もう一回だ、と声をかけるも、大鳥はカアとも鳴かずに地面へと向かい始めた。

「おい待て、千早。どこに向かっている」

　滑空して地面すれすれになったところで、大鳥は身震いして、明留を地面に振り落とした。

「いたっ！　お前、何をする」

「少し落ち着け」

空中で大鳥から人形《じんけい》へするりと戻った千早は、尻餅をついた明留の前で軽やかに着地した。

「焦っても結果はついて来ないぞ」

また落馬したいのかと淡々と千早に言われ、明留は子どもっぽい仕草だと分かっていながらも、唇を尖らせずにはいられなかった。

「しかし……このままでは、霜試《そうし》に受かるかどうかも怪しい……」

「まだ半年以上ある。お前が焦っているのは、雪哉がいるからだろう」

図星をさされて、明留はぐうの音も出なかった。

もともと、端午の節句に花形射手の候補として名前が挙がっていたのは雪哉ではなく、西家の御曹司であり、真赭の薄の実弟である明留であった。

しかし、明留はどうやっても的に矢を当てることが出来なかったので、やむを得ず、全く出るつもりのなかった雪哉にお鉢が回ってしまったのだ。あまりに悔しく、また、雪哉の前座として他の貴族連中と一緒にされるのも嫌だったので、端午の競馬の参加そのものを拒否してしまった。

雪哉は、明留ほどではないとはいえ、四大貴族のうち北家の現当主に連なる、れっきとした貴族である。

ただ、武家として名高い地方貴族の家で生まれ育ったゆえ、明留よりもはるかに武術の腕は良い。勁草院に入った当初はさほど気にならなかったその差も、時を経るごとに、徐々に明らかなものとなり始めていた。

「雪哉と比べるのは不毛だ。あいつはもともと、おそろしく目がいい」

普段は寡黙なくせに、どうしてこういう時だけ饒舌《じょうぜつ》になるのかと、八つ当たり気味に明留は考えたが、千早の口は止まらない。

「こればかりは、もって生まれたものだ。努力でどうこうなる問題じゃない」

明留は進級して以降、背が伸びて平衡感覚が狂った。それは雪哉も同じはずなのに、自分以上に背が伸びたあいつは、たやすくそれを克服してしまった。

目の良さだけではない。雪哉の能力は、どう考えても明留よりも上だった。

黙ったままの明留に、千早はため息をつく。

「そうすねるな。身体能力は雪哉よりも劣っているかもしれないが、少なくとも性格は、あいつよりもお前の方がいい」

千早は真顔で言うので、冗談なのか本気なのかよく分からない。雑な慰めに、それはどうも、と明留が苦々しく返すと、ふと、千早は眉をひそめた。

「なんだ……。他に、何かあるのか」

「別に、何もない」

明留は顔をそらしたが、千早は、妙に鋭いところがある。問うような目で睨まれて、すぐに降参せざるを得なくなった。

「ああ、もう。これはまだ、内密にしておいて欲しいのだがな。実は、姉上にいくつか縁談が来ていて」

「ほう？」

「一番の候補に挙がっているのが――どうやら、雪哉らしいのだ」

千早が、目を見開いた。

「……それは、また」

その先は声に出さなかったが、「ご愁傷《しゅうしょう》さま」という言葉が明留にははっきりと聞こえた気がした。

「あれが、義兄か」

「屈辱的な話ではあるが、それはまだいいのだ。でもあいつ、伴侶《はんりょ》のことをひどく言うものだから……」

もしも、本当に姉が雪哉に嫁ぐことになったら、間違いなく不幸せになってしまうだろうと明留は思ったのだ。だが、姉本人はそれをまだ知らない上、実際に家の関係で縁談が進んでいる以上、文句を言うわけにもいかず、逃げるようにして出て来てしまった。

明留の言葉に得心のいった様子で、千早は腕を組んだ。

「だから、さっきのあの態度か」

「大人気《おとなげ》ないと思うか」

「気持ちは、分からんでもない」

ああ、嫌だなあ、と地面に座ったまま明留は頭を抱える。

「本当に雪哉と姉上の縁談がまとまったら、僕はどうしたらいいんだ……」

同情するような千早の眼差しを感じながら、明留が悲壮に唸《うな》った時だった。

「――それは、無用の心配になりそうだぞ」

気配もなく、唐突に響いた声に驚いて顔を上げると、修練場の建物の陰から、見知った顔が現れた。

「澄尾さん」

低い身分の生まれながら勁草院を首席で卒業し、今は若宮殿下の護衛として活躍する先達《せんだつ》である。

目礼する千早に軽く片手を上げて近付いて来る澄尾に、明留は慌てて立ち上がった。

「失礼しました。あの、でも、どうしてこちらに？」

「君を探してたんだ。さっき言っていた、姉君の縁談の件。あれ、白紙に戻ったぞ」

えっ、と素っ頓狂な声が明留の口から飛び出す。

「白紙にって、一体、何があったのですか」

澄尾は、どこかきまりが悪そうに頭を掻いた。

「それがだな。命令となれば雪哉は逆らわないだろうから、先に、真赭の薄殿に話を通そうとしたのだが――ご本人が、ひどく嫌がられたのだ」

＊　＊　＊

端午の節句以降、真赭の薄を見初めた青年貴族達から、案の定、彼女を還俗させてほしい、ぜひ正室に迎え入れたい、という文が、雨あられのごとく桜花宮に届けられた。それを知ってなお、真赭の薄本人は全く相手にしていなかったが、主君である桜の君と若宮から話があると言われてしまえば、ことは別である。最初は、神妙な顔で縁談云々について黙って耳を傾けていた。

様子が変わったのは、その相手として、雪哉の名前が出た時であった。

「嘘でしょう。どうしてそこに、雪哉の名前が出てきますの？」

大きな目をめいっぱいに開いた真赭の薄は、唖然とし、ついで、激怒したのだった。

「改まって話とおっしゃるから、何かと思えば！　四家の間で重大な問題が発生して、わたくしが出て行かなければどうしても、というのなら、まだ覚悟の決めようもありますわ。でも、よりにもよって、相手が雪哉ですって」

ふざけているの、と叫んだ真赭の薄は、怒髪《どはつ》天を衝《つ》く勢いだった。

「どう考えても、必要のない縁談でしょう。一体、何を考えてそんなことを言い出しました の？」

つかみかからんばかりの勢いが予想外だったのか、豪胆でならした桜の君が、珍しく顔を青くしていた。

「いや、しかしだな、真赭の薄。美しいさかりのそなたをこう、桜花宮に囲い込んだままというのも忍びなくて……」

「余計なお世話ですわ！」

彼女らしからぬ、吐き捨てるような言い方だった。

「それを望んで出家したのはわたくし自身なのに、わたくしの気持ちを全く無視して話を進めるのね」

浜木綿を睨み、赤くつややかな唇をつんと尖らせる。若宮は、どこか困った顔で真赭の薄をなだめようとした。

「逆に、良いように考えてくれ。必要に迫られての話ではないから、こちらも、真赭殿の意見を無視して話を進めるつもりはないのだ。だが、雪哉だったらもしかしたら、あなたもまんざらではないと思うのではないかと……」

それを若宮が言った瞬間、真赭の薄の顔から表情が抜け落ちた。

「……なんですって？」

「違うのか」

「誰がそんな、馬鹿なことを？」

静かな声が、逆に恐ろしい。

色恋の機微には疎《うと》い若宮も、これはまずいと遅ればせながら気付いたらしい。

すぐに口をつぐんだものの、ふらふらと泳いだ目が、一瞬、澄尾の方を向いた。

真赭の薄は弾かれたように振り返ると、黙って控えていた澄尾を睨みつけたのだった。

「そう。よく考えたら、そんなことを言えるのは、あなたくらいしかいませんでしたわね」

澄尾は諦めて、小さく息を吐いた。

「申し訳ない」

「どうして」

「端午の時に、あなたの目が、雪哉を追いかけていたので」

「それは――確かに、競馬の花形をつとめたあの子は立派でしたわ。でもそれは、弟が大きくなったのを喜ぶような気持ちであって、そんな……決して、そんなつもりではありませんでした。それなのに、あなた、下世話な勘繰りもいいかげんになさいな！」

言っているうちに興奮してきたのか、彼女の唇はわなわなとふるえ、色の濃い琥珀玉《こはくだま》のような瞳にはうっすらと水の膜がはった。

「……申し訳ありません。はやとちりをしました」

「許さないわ。これは雪哉と、わたくしに対する侮辱よ」

落ち着こうと何度も深呼吸をした真赭の薄は、乱暴に立ち上がり、澄尾を鋭くねめつけた。

「前々から思ってはいたけれど、さすがに今回の件は我慢がなりません。わたくし、あなたのそういうところ、人として軽蔑しますわ」

もう二度とわたくしに近づかないで、と悲鳴を上げるようにして言うと、真赭の薄は涙をこぼし、招陽宮を出て行ってしまった。

「おい、待て、真赭の薄！」

浜木綿が慌てて後を追ったものの、若宮と澄尾は気まずい沈黙の中に取り残されてしまったのだった。

＊　　＊　　＊

「――そんなこんながあって、若宮殿下も桜の君も、もう勝手に話は進めないと真赭の薄殿と約束を交わされたわけだ」

少なくともしばらくのうちは、縁談が持ち上がることはなさそうだぞ、と言われ、明留は、安堵の息を吐くのを止めることが出来なかった。

「そうですか……」

泣くほど嫌だったのかと思えば姉が可哀想でならなかったが、それでも、望まぬ縁談を進められるよりも、よっぽど良かったと思う。

だが、流れた話と思って気が楽になってしまうと、今度は、元凶となった澄尾が何とも恨めしく思えてきた。

「そもそもどうして澄尾さんは、姉上には雪哉がいいなどと思ったのですか？　あいつは、細君に求める条件として、夫婦間に恋愛感情を持ち込まないこと、とか言い出す冷血漢なのですよ。姉上と合うわけがないではありませんか」

若干非難するような言い方になってしまったが、澄尾はそれを不快に思う風でもなく、ただ、弱ったように笑った。

「雪哉が、そう公言しているのは知っている」

「だったら何故」

「だからこそ、良いと思ったんだがなあ……」

澄尾が何を言っているのか分からず、明留はきょとんとした。

「どういう意味です？」

千早に訊かれて、うーん、と澄尾は曖昧《あいまい》に唸る。

「雪哉のひどい言いざまは、そうだな。言ってみれば、若宮が、桜の君を口説く時と同じ論理が働いているると感じたんだ」

若宮は、浜木綿に桜の君になって欲しいと言った時、たいそう辛辣《しんらつ》な言葉で了承を得ようとしたという。

「自分は、決して良い夫ではない。あなたに恋しているわけではない。政治の動きによっては、側室を迎えるかもしれないし、あなたを裏切るかもしれない。そうなっても、不満を言うことは許されない。それでもいいか——ってね」

「それはまた……随分な愛の告白ですね」

それを言われて、喜んで頷く女はまずいないと思う。浜木綿姫が、何を思ってその言葉に「うん」と返したのか、明留には全く想像がつかなかった。

「まあ、傍《はた》から聞くとひどい言い草だよな。でも、それを言ったあいつの置かれた状況を知っている俺としては、あの言葉は、これ以上ないくらい誠実なものに聞こえたんだ」

現在、宮中において、若宮の敵は多い。

いくら若宮が努力したところで、政変が起こるかもしれない。

本人の意思とは関係なく、后を見捨てなければならない場合が来るかもしれない。

先に、若宮が死ぬかもしれない。

君主の立場からして、あなたは特別だと、愛を傾けることが許されない状況になるかもしれない。

――それでも、私の妻になってくれるか。

「あの状況下で『必ず幸せにする』なんて言ったら、それこそ騙《だま》すのと変わりない」

辛い状況になるけれど、それでもあなたにいて欲しい。それを踏まえたあなたの意思で、どうか自分を選んで欲しい、と。

「口先だけで甘いことを言う無責任な奴よりも、よほど信用が置けるだろ?」

雪哉も同じだ、と澄尾は静かに語る。

「あいつ自身、生まれに関しては色々あったみたいだしな。その上、若宮に忠誠を誓っている身だ。明日はどうなるか分からないと覚悟を決めている上、伴侶を不幸にするわけにはいかないと思っているから、ああも慎重になる」

明留は何も言えなかったし、千早は感情の窺《うかが》い知れない目で、じっと澄尾を見つめている。

澄尾は嘆息した。

「それに、ここだけの話、若宮夫妻が、真赭の薄殿の意思を完全に無視して縁談を考えているのを見ちまってな。流石《さすが》にどうかと思ったんで、ちょっとでもあの方にとって、ましな方向に持って行きたかったんだが……」

どうにも、逆効果だったらしい。

明留は、澄尾の言葉に困惑しながらも、おずおずと言った。

「姉上は、愛しく想う方と一緒になりたいと考えているはずですから……。理由があるとはいえ、冷たい物言いの雪哉をあてがったら、怒るのは当たり前だと思います」

澄尾は、「そうかもな」と呟くと、わずかに眉間のあたりを曇らせて、どこか遠くを見るような目となった。

「……それでも、真赭の薄さまの雪哉を見る目は、とても鮮やかだったんだ」

ふと明留は、よく見ているな、と思った。

しかし、それ以上のことに考えが及ぶ前に、澄尾は勢いよく顔を上げて明るく笑った。

「ともかく、しばらくは姉君のことは気にしなくても大丈夫だと、それだけ伝えに来たのだ」

「恐れ入ります」

「せっかくここまで来たからな。稽古を見てやろうか」

快活に言った澄尾に、明留よりも先に千早が「お願いします」と言った。

「こいつに、手本を見せてやって下さい」

「いいだろう。『馬《うま》』を頼めるか?」

返事の代わりに大烏へと転身《てんしん》した千早を満足げに見やり、澄尾は頷く。

「よし。じゃあ、行こう」

澄尾を乗せた千早は空高く舞い上がると、行き過ぎではないかと思えるほどに修練場を大回りして、距離をとった。

随分と遠いな、などと明留が思っていると――不意に、鳥影がぶれて見えた。

あ、と思わず声が出た。

実習では何度も千早が大鳥として飛ぶ姿を見てきたが、こんなに飛ばす姿は見たことがない。ほぼ、背中に誰も乗せていない状況での全力飛行と変わらないのではないだろうか。

とてもではないが、騎乗しながら、弓を射ることが出来るような速度ではなかった。

どんどん明留の方に近づいてくるが、澄尾はほとんど千早の背中と一体になるように伏せていることもあり、人が乗っているようには見えない。

と、思った瞬間だった。

風に煽《あお》られた羽のような軽やかさで、澄尾は大鳥の上で身を起こす。

それから、矢をつがえて放つまでの間隔があまりに短くて、どうやって矢を放ったのか、明留は目で追うことが出来なかった。

ただ気付くと、一陣の風のごとく澄尾を乗せた千早は過ぎ去っており、的の中心には白羽の矢が深々と突き刺さっていたのだった。

おそろしいほど速くて、正確だった。

「ちゃんと見えたか？」

今見たものが信じられず、呆然とする明留のもとに、翼を緩めた千早と澄尾が戻ってきた。

「……あんまり、よく分かりませんでした」

澄尾が背中から飛び降りるのとほぼ同時に、千早が人の姿に戻る。

「だろうな。俺も、御者を乗せてあんなに飛ばせたのは初めてだ」

「まあ、これでも山内衆だからな。後輩の院生に負けてちゃ話にならねえよ」

ははは、と澄尾はいやみなく笑う。

「雪哉よりも、うまかったです。あなたが競馬の花形をつとめればよかったのに」

「そりゃあ無理だ。俺は、貴族出身じゃねえからな」

さらりと言った澄尾に、明留は急に胸をわしづかみにされたような心地になった。

「なあ、明留。雪哉の奴は優秀だからよ。焦る気持ちはよく分かる。だが人には、生まれつき持っているものと持たないものがあるんだよ。どうにもならないことを他人と比べて羨《うらや》むのは、空しいもんだ。だったら、今の自分が持っているもので、何が出来るのかを考えた方がよっぽど有益だとは思わねえか？」

――この人は、もしかしたら自分よりも、よほどそれを感じているのかもしれない。

黙りこくった明留を見る澄尾の目は、ひどく優しかった。

「純粋な武人としての力なら、俺や千早はお前よりも上だが、いくら腕が立ったって、俺達は政治の分野じゃ、宮廷の奴らと渡り合うことは出来ない」

「それは……」

「分かっているだろう？　身分が低いからだ」

そこへいくと、君は生まれだけで一目置かれると言われて、明留は馬鹿にされたような気分になった。

「でも、それは！」

「お前も、山内で貴族として生まれた以上、生まれ持ったもんを武器にしていいんだ。俺達は体、お前は身分、そこに何の違いがある？　問題は、その武器を何のために使うかだ」

違うか、と澄尾の鋭い視線に射抜かれて、明留は釈然としないまま口をつぐんだ。

「欲張って、あれもこれもと中途半端に手を出して、結局つぶれちまうのはもったいないぜ。お前は、高い身分も、賢い頭も、それにおごらないだけの高潔さも持ってんだ。自分にないものが輝いて見えたとしても、それを言ったたって詮《せん》無いじゃねえか」

それが言いたかった、とでも思っているような顔で、千早は無言のまま拍手をした。

「明留。お前は、良い護衛にはなれないかもしれないが、良い側近にはなれるだろうよ。それじゃ不満か？」

澄尾に試すように言われて、なんだか泣きたくなった。

「……いいえ」

「なら、良かった」

でも、でも、と明留は唇を嚙む。

「それでも、やっぱり、悔しいんです！」

「――そうだな」

悔しいな、と。

吐息の中で繰り返した澄尾の声は、ひどく透明だった。

練習用の鞍《くら》を取りに走る明留の背中を見つめていると、千早が、音もなくこちらに近付いて来た。

「あなたは、それで構わないのか」

はたと振り返り、千早の静かな目とぶつかって、気付かれたか、と澄尾は苦笑する。

「……俺には、どうしようもないことだからな」

仕方ないのだ。これぱっかりは。

「嫌われても、疎《うと》まれても、せめて、あの女《ひと》が少しでも幸せになって欲しいと願うことだけは、許されると思ったんだ」

ああ、でも、やっぱり悔しいなあ。

そう言って澄尾がおもむろに放った矢は、吸い込まれるようにして、的の真ん中を見事に射抜いたのだった。

すみのさくら

「参りましたよ」

女房の言葉に撫子《なでしこ》が顔を上げると、さっと御簾《みす》が巻き上げられた。

その向こうには、ゆっくりと透廊《すきろう》をゆく、女の一団がある。

行列の中心を歩むのは、撫子の義理の姉である。

一歩一歩を歩むごとに、宝冠から垂れる翡翠《ひすい》が、玲瓏《れいろう》な音を奏でている。

彼女の肌はただやたらに白いのではなく、外界渡来の象牙《ぞうげ》のような、しっとりと濡れた質感をしていた。鮮やかな黒髪が垂れている下にあるのは、これ以上ないほどに見事な女房装束だ。

菖蒲《しょうぶ》を中心に四季の花が縫い取られた深い瑠璃《るり》色の唐衣《からぎぬ》の下は、きっぱりと潔い裏山吹である。純白から先へゆくにしたがって濃い藍色に変化する裳《も》、その引腰の紅はなまめかしく、腕には、やわらかに透けた領巾《ひれ》をかけている。

彼女は今日、日嗣《ひつぎ》の御子《みこ》――若宮《わかみや》殿下の后《きさき》候補として、桜花宮《おうかぐう》へと登殿《とうでん》する。

姉は登殿に際し、浜木綿《はまゆう》の君《きみ》の仮名を与えられた。血筋では撫子の従姉にあたる女であり、実父は、この南家《なんけ》の先代の当主であった。だが、金烏《きんう》宗家《そうけ》に対し看過し得ない過ちを犯したとかで、ついには妻もろとも秘密裏に処刑されたと聞く。

その、唯一の忘れ形見が浜木綿だ。

十年ほど前、南家出身の皇后が産み落とした宗家長子の長束《なつか》は、日嗣の御子の座を弟の若宮へと譲り渡している。だが南家としては、何らかの手段で、若宮が即位する前に、その座を兄宮へとお返し願おうと考えているのだ。

撫子の父達は、出家した兄宮を還俗《げんぞく》させ、実の娘である撫子を后にする心積もりなのである。

当然、いずれ失脚する若宮の妻の候補に撫子を出すつもりなど毛頭なく、だが、誰も出さないわけにはいかないので、一時しのぎの人身御供《ひとみごくう》として選ばれたのが浜木綿であった。

父母をなくしてから、彼女は南家を放逐《ほうちく》されている。それから、身分が回復するまでの数年間を、下賤《げせん》の者――山烏《やまがらす》に混じって、暮らしていたのだ。

聞くところによると、山烏というものは、平気で鳥形《ちょうけい》に転身《てんしん》するのだという。

生まれてこの方、撫子が目にしたことのある鳥形の八咫烏《やたがらす》など、飛車《とびぐるま》を牽《ひ》く大烏《うま》だけだ。馬にさせられるなんて、よほどの重罪人か、八咫烏《にんげん》としての尊厳を自ら放棄した者であると決まっている。それなのに、人前でも平然と転身して見せる山烏の神経は、高貴な中央貴族である宮烏《みやがらす》からすれば、厚顔無恥《こうがんむち》もいいところであった。

もし自分が浜木綿であったら到底耐えられないだろうと思ったが、彼女は耐えがたきを耐え、身分が回復される時まで生き抜いたのだ。

とてもすごいことだと思うし、撫子はある意味で、彼女のことを尊敬している。

だからこそ、いつも所在なげで、父や女房に言われるがまま、唯々諾々《いいだくだく》と従っているその姿には、どうにも哀れを催すものがあった。

今も、渡り廊下を行く立ち姿はすらりとしてまるで撓《たわ》んだところがないのに、面《おもて》はしっかりと伏せられている。

彼女は愚鈍ではなかったから、親の仕出かしたことを恥ずかしく思っているのだろうし、もう二度と、山烏に戻るまいと必死なのだ。だというのに、これから切り捨てられるばかりの若宮のもとへ送られる心中は、察するに余りあるものがあった。

「浜木綿」

思わず、声を掛けていた。

しずしずと行く一団は足を止め、浜木綿が小さくこちらに顔を向ける。

「撫子さま」

わたくしに何用でございましょう、と丁寧に問う。

姫様、とうろたえる女房を押し留めて透廊へと出れば、さっと女達が道を空け、浜木綿と真正面から相対することになった。

こんなに近付いても、浜木綿は頑《かたく》なに、目を合わせようとはしなかった。

「この度の登殿、まことにめでたきこと。わたくしからもお祝い申し上げます」

半ば、励ますような気持ちで声を掛けると、浜木綿はハッと顔を上げた。

「卑屈にならず、つよい心持ちでお行きになってください。いかなることがあっても、南家の宮烏としての誇りをお忘れなきよう」

どうかつつがなくお過ごしあれと、そう言った撫子と浜木綿の視線が、しっかりと交わった。

まじまじと見つめあう。

姉の黒い瞳が、青い光を帯びるほどに澄んだ色をしていることを、撫子はこの時、初めて知った。

そしてふと――浜木綿の目がぐにゃりと、三日月を描いた。

それは、間違ってもにこりなどという健全な笑みではなかった。

彼女は、まるで悪い遊びを覚えた子どものように、にやり、と笑ったのだ。

「――お心遣い、痛み入る」

　そう返した声は、それまでにはない張りと若々しさに満ち溢れ、どう聞いても『不敵』としか言いようのない、強烈なえぐみを含んでいた。

「んじゃ、お前も達者でな」

　ひらりと片手を上げると、宮鳥とは思えない気軽さで、浜木綿は撫子の脇を通り過ぎようとする。

　撫子だけでなく、このやり取りを聞いていた女達は、いずれもあっけに取られていた。

「お待ち！」

　一番に我に返ったのは、浜木綿付きの女房、苧麻《からむし》だ。

「撫子さまに向かい、何という口の利きようだ。さんざん教え込んだというに、貴族の礼をもう忘れたか」

　それとも何か、と問う苧麻の口調はひどく苦々しい。

「まさか、若宮の妻になりさえすれば、撫子さまより上の立場になれるとでも思っているのではあるまいな……？」

　嬲《なぶ》るような言いように、浜木綿はあからさまに眉をひそめた。

「とんでもない。最初から、撫子とアタシの関係に、上下があるなどとは思っちゃいないよ」

　ならば、と言いかけた苧麻を、しかし浜木綿は鋭い眼光で睨み据える。

「だが、お前とアタシの間には、上下の礼が必要だ」

一体、誰のおかげで南家の登殿が叶ったと思っている。これからは、自分の立場をわきまえることだね、と。

嘲笑《あざわら》うように言われ、苧麻は絶句した。

それを鼻で笑うと、浜木綿は立ち竦《すく》む一行に背を向け、颯爽《さっそう》と歩み始めた。

――あの豹変のしようは、何だ。

撫子は呆然としていた。

せめて、自分は優しくしてあげようと思っただけなのに、まさか、あんな態度を取られるとは思わなかった。登殿することで調子に乗ったのだとしても、この突然の変化は明らかに異様である。

こちらを一顧だにせずに、ぴんと姿勢を伸ばして歩む、美しい女の背中。

浜木綿は一体、何を考えているのだろう?

＊　＊　＊

墨子《すみこ》の一番古い記憶には、琵琶《びわ》の音がしている。

にこにこと笑いながら、楽器を奏でる母の姿。そして、母と同じように笑いながら、墨子を抱っこして琵琶の音を聞く、父の姿。

涼しい四阿《あずまや》の外には光があふれ、花々がまぶしく輝いていた。

父も母もとても嬉しそうで、墨子自身、とてもとても楽しかった。だからこそ、最も幸せな記憶として、いつまでもその光景だけは心に焼き付いているのだ。

そこは、父が母のために造らせた庭園だった。

当主の奥方が美しい花を好むと知った商人たちが、競って珍しい花を届けてくれたので、華音亭《かおんてい》と名付けられたそこには、いつも何かしらの季節の花が咲き乱れていた。

枝がしなるほどにたくさんの花を付けた、薄紅の桃。

夜明けの空のような薄紫をした、八重咲きの朝顔。

墨子の顔より大きく、まん丸な金色の菊。

とろりと濃厚な、黒く見えるほどに濃い赤の椿。

墨子は、言葉を覚えるのと並行して、花の名前を覚えて育ったのだ。

暗い部屋に閉じこもり、雛《ひな》遊びをするよりも、母に手を引かれながら、ひとつひとつの花の名前を教えてもらうほうが、はるかに楽しかった。

幼かった娘の目から見ても、父は母にほれ込んでいたように思う。

自慢げに墨子に語って聞かせることには、父には決まった許婚《いいなずけ》がいたのに、それを蹴って母を正室に迎えたのだという。挙句、山内《やまうち》を代表する四大貴族の当主ともあろう人が、男児がないまま、一人娘の墨子を溺愛していたのだった。

跡継ぎがいないことで、他から何も言われなかったはずはないのだが、父は、母のほかに側室を持とうとはしなかった。

墨子にも弟が必要だわ、ときつい調子で言った母に対し、父が鷹揚《おうよう》に応えた言葉を覚えている。

「なあに。焦らなくても、そのうち出来るさ」

側室は持たないからお前が焦る必要はない。私が百歳まで当主として頑張ればいいだけのことだ、と笑う。

「それに、我々にはこの子がいる」

間違いなく、お前に似て美人になるぞ、と墨子の頭を撫でる父は満足そうだった。

「墨子はこんなに可愛いのだから、長束彦《なつかひこ》殿下だって大切にしてくださるに違いない。いずれ、私の娘が金烏の妻となり、母となるのだ！」

そう言って墨子を抱き上げ、くるくると回した。

墨子はきゃあきゃあと声を上げながら大喜びで、それに困ったような顔をしつつも、母だってまんざらではない様子であった。

墨子は、自分は日嗣の御子長束彦の妻になるのだと思っていた。

当時から、弟宮に譲位の可能性は囁《ささや》かれていたはずなのだが、父はそれを全く気にしていなかった。いずれ長束彦は山内の頂点に立つし、お前は彼の正室として次代の金烏を産むのだ、と言い続けていたのだ。

「心配するな。父が、すぐになんとかしてあげるさ」

弟宮なんか、その気になればどうとでもなる、と。

満ち足りた幸せな日々の中で、唯一、不穏な影を持って語られたのが、弟宮の存在だった。墨子自身、幼心に「はやくいなくなってしまえばいいのに」と思っていたくらいだ。

大人達の難しい事情を、理解していたわけではない。

だが、父も母も、父母に侍《はべ》る周囲の者達も、弟宮が邪魔な存在であることは誰に憚《はばか》るでもなく口にしていたから、ただ弟宮は『悪いもの』なのだと、信じて疑っていなかったのだ。

忘れもしない。

その女が華音亭にやって来たのは、新緑のみずみずしい、とある晴れた朝のことだった。

梔子《くちなし》の花の香りが漂い、滑《なめ》らかな泥の上に横たわる澄んだ水面に、玉のようなしずくを乗せた蓮の葉が青々と広がっていた。

ちょうどその時、墨子の周囲には人がいなかった。

侍女が、水差しを取りに戻ったのだったか。残された墨子はひとり、四阿《あずまや》で蓮池を泳ぐ青蛙を眺めていたのだった。

「あんたが、夕虹《ゆうにじ》の娘だね」

静かな声と共に、蚊遣《かや》りの香《こう》の煙にまぎれるようにして、ひとりの尼が現れた。

頭に頭巾を巻き、暗い色をした衣を纏《まと》った女だ。

当時五つだった墨子は、その尼を老婆だと思った。

墨子の身の回りの世話をする女達は、みんな若くて優しかったが、そいつは眉間に深い皺《しわ》を刻み、何やら厳しい面差しをしていて、なんとも気味が悪かったのだ。

「あなた、だあれ」

「アタシは青嵐《せいらん》だ。昔、あんたの母さんを育てた女のうちの一人だよ」

「お母さまの羽母《うば》なの？」

それにしては、随分とぶっきらぼうで、礼儀のなっていない女だと思った。

「あんたの母さんが呼んでいる。おいで」

言うが早いか、拒否する間もなく、女は墨子の手を取って歩き始めた。

履物を履く時間すら惜しむような性急さに、墨子は面食らった。

しかも、だんだんと早足となり、女は邸《やしき》から離れる方向に向かっていくのだ。

「ねえ、どこへ行くの。母屋はあちらよ」

青嵐は無言だった。

墨子はどんどん恐ろしくなっていった。

何かおかしい。もしやこの女は、ひとさらいではないだろうか。

「だれか」

助けを呼ぼうとした瞬間、女は墨子の口を手で覆った。

「大人しくおし！　もう、時間がないんだから」

いよいよ恐慌状態になりかけた墨子の耳に、突如、甲高い悲鳴が届いた。

庭の向こう――母のいる、邸の方からだ。

「こいつを早く！」

青嵐が怒鳴った時、綺麗に整えられた躑躅《つつじ》の垣から、見慣れない男達が飛び出してきた。

墨子は竦みあがった。

お母さま、お父さま！　誰か助けて！

口を布でふさがれ、麻の袋へと放り込まれる。

暑くて苦しくて、そして何より恐ろしくて、それきり何も分からなくなってしまった。

次に気が付いた時、墨子は今までに見たことのないような、粗末な小屋に閉じ込められていた。

格子戸からは金色の光が漏れ、すでに黄昏時《たそがれ》となっていることを知った。

床には藁《わら》が敷かれ、農具と思しき壊れた道具が壁に立てかけられている。

絹の細長《ほそなが》は、気を失っているうちに、信じられないくらいごわごわした粗末な着物に替えられてしまっていた。藁の上で恐る恐る立ち上がった墨子は、そこで、長く整えられていた髪が、ばっさり切られていることに気付いて仰天した。

母親ゆずりの、くせひとつない、自慢の黒髪だったのに！

「目が覚めたかい」

にぶく軋《きし》む引き戸を開けて、青嵐が小屋に入ってきた。

墨子は反射的に叫んでいた。

「近付くな、この、ぶれいもの！」

咄嗟《とっさ》に手に触れていたものを投げつけたが、軽い藁は、女に遠く届かないまま、ひらひらと舞い落ちていった。

「わたしを誰だと思っているの。こんなことをして、お父さまが知ったらすぐに――」

「黙りな！」

その瞬間、頰に鋭い衝撃が走った。

地面に倒れ、口の中に血の味がして、ようやく、顔を叩かれたのだと知った。

「お前はもう、南家のお姫様じゃないんだ。これから先、いっぺんだって家のことを口にしてみな。こんなもんじゃ済まさないよ」

こんなに怖い顔を向けられたことも、ぶたれたことも、大きな声で怒鳴られたことも、生まれて初めての経験だった。

――こいつは、その気になれば、わたしをどうにでも出来るのだ。

それに気付いて、ようやく、背筋に恐れが這い登ってきた。

震えながら黙りこくった墨子に安心したのか、女は声をわずかにやわらげた。

「ちゃんと言うことを聞くならば、叩いたりなんかしない。いいね？」

無言のまま、必死で頷《うなず》く。

もう、痛いのは嫌だった。


それからしばらくの間、墨子は山烏の男児の格好をさせられたまま、あちこちを転々と移動した。

大体は、最初に閉じ込められたような小屋で寝泊りし、移動は夜に行われた。

粗末な衣も、不味《まず》い食事も、汗の匂いのする男に抱えられての移動も、全てが嫌で嫌で仕方なかったが、誰も、墨子のことを気遣ってはくれなかった。

青嵐は、墨子を叩いた日から姿を見せず、男達は、必要最低限しか話そうとしない。

何が起こっているのかも、これからどうなるのかも全く分からなかった。

心細くて、毎晩のように泣きながら、それでも、きっと父が助けに来てくれるという、それだけを希望に墨子は耐えた。

再び青嵐が姿を現したのは、南家から攫《さら》われて、十日ほど経った後のことだった。

「お前が住むところが決まったよ」

開口一番に言われた言葉に、墨子は耳を疑った。

「わたしの、住むところ……？」

「ああ、そうだ」

わけのわからないまま連れて行かれたのは、墨子も見覚えのある寺院であった。

忘れるわけがない。そこは、南本家《みなみほんけ》の菩提寺である、慶勝院《けいしょういん》であった。

拐《かどわ》かされて連れて来られるにしては、あまりに意外な場所だった。青嵐と墨子を出迎えた神官《しんかん》達も見知った顔で、しかし、今はみんな一様に、緊張した面持ちをしていた。

もしや、寺院の中に父母がいるのではないかと期待したが、柱の陰からこちらを覗いているのは、粗末な身なりをした子どもばかりである。

「今日からお前は、ここで世話になるんだ」

ちゃんと挨拶しな、と促されて、困惑した。

「……どうして？」

堪《たま》らなくなって、青嵐を見上げる。

「どうして、ここに住まなきゃいけないの。わたし、おうちに帰りたい」

また叩かれるかと思ったが、青嵐はじっとこちらを見つめるだけで、何も言わなかった。

以前、父母と墨子をにこやかに出迎えてくれた神官達も、視線をやると、無言のまま顔を逸《そ》らしてしまう。

沈黙に耐え切れず、墨子は言い募った。

「か、帰ったら駄目って言うのなら、いいよ。わたし、我慢できる。きっといい子にできるから、だからお願い。せめて、お父さまとお母さまに会わせて……」

小さく呟くと同時に、とうとう涙がこぼれる。

墨子を険しい顔で見下ろしていた青嵐の頰が、ひくりと震えた。

「……そんなに言うのなら、会わせてやろう」

おいで、と言った青嵐は、墨子の手をしっかりと握りしめたまま、歩きだした。

迷いの無い足取りで、墓所の中を進んでいく。

周囲には夏草が生い茂っていたが、先祖の墓は綺麗に掃き清められ、きちんと花が供えられていた。立派な百合の花に囲まれた墓所は、一見しただけでよく人の手が入っているといると分かる。

だが、青嵐に手を引かれてたどり着いた所は、他と明らかに様子が異なっていた。

墓石があるのは同じだ。

それなのに、何の花も供えられていない。

土の匂いが濃くしていて、まだ、出来たばかりの墓であると分かった。

灰色の墓石と、その周囲の土盛だけが黒々としていて、草さえも生えることを避けているかのような、濃厚な死の気配が取り巻いている。

――まるで、そこだけ色を失ったかのような墓が二基。

その前で、青嵐は足を止めた。

「さあ、挨拶するんだ」

「え？」

青嵐の声に、墨子は弾かれたように顔を上げた。

「お前の、お父さんとお母さんだ」

そんな、と耐え切れずに悲鳴を上げた。

「死んだんだよ――流行《はや》り病で」

「ごびょうき？　そんなの嘘よ！」

「嘘じゃない」

最後に会った時、母は元気に笑っていた。昼に、葛餅《くずもち》を一緒に食べようと約束していたのだ。いつも通りの朝で、何も不穏なことなんてなかった。

「嘘、嘘。青嵐は、嘘ばっかり言う！」

青嵐の嘘つき、と叫ばずにはいられなかった。

「アタシが嘘つきだったとしても、お前の両親が死んだのは、紛《まぎ》れも無い事実だ」

青嵐は墨子の癇癪《かんしゃく》に取り合わず、「現実を受け入れるんだね」と静かに言い切った。

「お前には、諦めるほかに選択肢はないんだ。分かったのなら、寺に戻るよ」

再び引っ張ろうとする手を強く振り払う。墨子が睨み上げると、青嵐は嘆息した。

「ああ、もう、分かった。気が済むまで、勝手にしな」

そう言い捨てて、伽藍《がらん》の方へと歩いていく。

青嵐の背中から目を外し、墨子はひとり、二基の墓に向かい合った。

よろよろと墓石に歩み寄り、そこに、父母の名前があることに気付いてしまえば、もう、我慢は出来なかった。

悲鳴を上げ、泣きじゃくる墨子に、誰も声をかけてくれることはなかった。

何もかも、おかしいことが多過ぎた。

父母が突然病死したことも、自分が屋敷から連れ出されたことも、納得出来るはずがない。まだ、南家の屋敷で両親が生きているように思えてならず、何度か寺を抜け出そうとしたが、その度に青嵐に連れ戻され、厳しく折檻《せっかん》された。

結局、墨子は青嵐の言いなりになるしかなく、あの女は何かを隠している、という疑念だけが、ひたすら大きくなっていった。

しぶしぶ生活を共にすることになった子ども達は、皆、孤児であった。

身寄りのない少年少女は、毎日、神官達にまじって勤行《ごんぎょう》し、墓の手入れをすることによって、この寺で最低限の衣食住を得ているのだと教えられた。

墨子はそんな孤児の中のひとりとして、墨丸《すみまる》という名を与えられたのだった。

戸籍上の性は、男とされた。

周囲には当然女だと気付かれていただろうが、神官達に何か言い含められでもしていたのか、子ども達が必要以上に墨子に関わってくることはなかった。

それが、墨子にはありがたかった。山烏の子ども達はみな一様に日焼けしていて、目はらんらんと輝き、それだけで別の生き物のようで、どうしても慣れなかったのだ。

毎朝、彼らに混じって講堂で山神《やまがみ》にむかって手を合わせ、一通りの祝詞《のりと》を聞いてから、寺中の掃除を行う。道具一式を持って墓石を磨く者、供える花を山に採りに行く者、食事の支度をする者、やることはさまざまだ。

ある時、墨子は花摘みに参加させられた。

ひときわ大きな山百合を見つけ、それを両親の墓に持って行こうとした時、一緒に花を摘んでいた子達から止められてしまった。

「墨丸。あそこに花を置いては駄目だよ」

声をかけて来たのは、子ども達の中でも年長の少女だった。

「どうして？」

「あのお墓は、前の南家当主さまのお墓だもん」

「……前の当主さまのお墓だったら、どうしてお花を供えてはいけないの」

あんた知らないの、と知ったかぶった少女達が次々に嘴《くちばし》を挟んできた。

「教えてあげようか」

「本当はね、前の当主さまが、病気だったなんて嘘なんだ」

おおげさに周囲を見回して、少女の一人が墨子に耳打ちする。

「殺されちゃったの」

墨子は息を呑んだ。

「――誰に？」

「それは言えない」

「怒られちゃうもんね」

さんざめく少女達に、墨子は両手を合わせた。

「お願い。誰にも言わないから」

「ほんとう?」

「ないしょだよ」

とおるさま、と風のような囁《ささや》きが耳をくすぐる。

とおる?

「それって――」

「今の、当主さまだよ」

少女達が、顔を見合わせる。

「前の当主さまの弟だったのに、お兄ちゃんを殺しちゃったんだって」

「おっかないよねえ」

「とおるさまにばれたら、この寺もハンイを持っていると思われるから」

だから、あのお墓にお花は供えちゃいけないの、と。

その後も少女達は何かを言っていたようだったが、もう、墨子の耳には何一つ届かなかった。

とおる――融《とおる》。

その名前は、知っている。何度も会ったことがある。

墨子の、叔父だ。
胸が、早鐘《はやがね》を打っている。
ぱちぱちと音を立てて、分からなかったことが一気に見えていくような気がした。
南家の当主は、立派な立場だ。
融は、父のことがうらやましかったに違いない。
だから、殺してしまったのだ。自分が南家当主になるために。
「おのれ……」
そうと分かってしまえば、煮えたぎるような怒りが湧いてきた。
両親を殺した者が、今ものうのうとこの世に生きて、しかも、南家当主の座について
いるなんて、絶対に許されない。
――わたしが、仇《かたき》をとってやる。

墨子が、叔父のいる南本家へと向かったのは、湿気に、月のにじむ夜だった。
皆が寝静まるのを待って、厨《くりや》から包丁と食料を盗み出し、寺を抜け出したのだ。
飛車《とびぐるま》を使えばすぐの道行きだったが、今の墨子には望むべくもない。南家本邸まで徒
歩で行くことを考えると、どれだけ時間がかかるかは分からない。だが、宮烏の誇りに
かけて、鳥形に転身するなどという選択肢はなかった。

幸いにして、この寺から町までは参道が伸びている。町に出て一番大きい道を辿りさえすれば、迷うことなく南本家まで行けるはずだった。

虫除けにと教わった、香りの強い草を肌にこすりつけたが、何匹もの蚊や蚋《ぶよ》がぷぅん、と耳障りな羽音を立てて、墨子の体にまとわりつく。

羽音だけでも心底不快だったのに、すぐにあちこちが痒《かゆ》くなり始めた。

空が白む頃には町へと着き、井戸を借りて手足を洗ったが、虫に食われた部分はぷつりと血が出ており、真っ赤に腫れ上がっていた。それだけでなく、こっそりくすねた草鞋《わらじ》がこすれて、踵や足の指の間の皮も擦《す》り切れて血が出ていた。

水場を見つける度に休憩をとろうとしても、宿や店先などでは、みすぼらしい墨子が来るのを嫌って追い払われてしまう。少し前であれば、声をかけただけで恐縮しきっていたような連中に邪険《じゃけん》にされたかと思えば屈辱だったが、いつ青嵐が追いかけて来るか分からない今、そんなことを気にしている余裕はない。

ちょうど同じ方向へ向かう商人の馬車の荷台に乗せてもらえ、そこでようやく少し眠ることが出来た。しかしふと目を覚ますと、「役所に届けた方がいいんじゃないか」と相談している声に気が付き、慌てて馬車から飛び出す羽目になった。

歩いて歩いて、ようやく南家本邸の付近に着いたのは、日が暮れてからのことであった。

意外にも、やっとのことで邸が見えても、喜びは湧いてこなかった。ただ、懐にしまった包丁の重みを感じ、頭の中を血が駆け巡る音が聞こえるのみである。

築地塀《ついじべい》の周囲には、見張りの兵がいる。

兵に気付かれないように、そっと裏手へと回ると、塀に面した道の一角が、白くなっていた。

くすんだところのない、上品な白い花が、黒い道の上に無数に散らばっている。

沙羅《さら》の花が落ちているのだ。

母が好んでいた花だ。華音亭に植えられていたことを思い出し、急いで近くに向かう。

邸の外れである。

父が新たに造らせた華音亭の周りは、他と塀のつくりが違う。竹を交差させて編んだそこならば、うまいことよじ登れそうだ。

どきどきしながら、兵が通り過ぎる瞬間を待ち、音を立てないように飛び出した。

築垣を登る際に手を少し切ったが、構ってはいられない。沙羅の木の枝に乗り移り、なめらかな樹皮を伝って地面に下りて、ほっと息をつくことが出来た。

勝手知ったる我が家である。一度中に入りさえすれば、こちらのものだ。

当主のいる寝殿に向かおうと周囲を見回し、そこで、墨子は息を吞んだ。

淡い月明かりの中で浮かび上がったのは、濃く生い茂った夏草だ。

──たった二月ばかりの間に、いつだって手入れが行き届いて美しかった母の庭園は、見る影もなく荒れ果ててしまっていた。

愕然《がくぜん》とする墨子のことを嘲笑うように、あまりに多すぎてうるさいような虫の声が、湿った夜の中に響いている。

おそるおそる歩けば、ちくちくとした雑草が体にまとわりつき、ねばるような細い毛が衣にべったりとつく。花の香りよりも、踏み潰した草の青い匂いが鼻を刺激した。

ひどい、と思った。

更地にするでもなく、あえて荒れたままにされていることが、まるで見せしめのようだった。

草を泳ぐように掻き分け、母と墨子のために新築された棟へとたどり着くと、そこは閉め切られていた。中には入れそうもなかったので、諦めて高欄《こうらん》の下に入る。

この上の廊下は、毎日行き来したのだ。迷うはずもなく、寝殿に面した中庭へと向かった。

急《せ》く心を抑えるように、台盤所《だいばんどころ》の下をじわじわと進み、長い時間をかけて、やっと寝殿へとたどり着いた。

はあ、と息を吐き、懐にしまっていた包丁を取り出す。

これでいい。ここで様子をうかがい、叔父の姿を確認したら、一気に刺してやるのだ。

高欄の下からわずかに顔を出し、中を覗こうとした、その時だった。

「それで、私を殺すつもりなのか？」

飛び上がった。

慌てて見上げれば、庇《ひさし》を隔てた向こう、蔀《しとみ》の上からこちらを覗き込むようにして、一人の男がそこに立っていた。

何十回、何百回も思い描いていたその顔が、薄闇の中に浮かび上がっている。

――憎き叔父、その人だった。

「お父さまと、お母さまのかたき！」

叫び、包丁を振りかざしてから、しまったと思った。

思いのほか、高欄が高かったのだ。

渾身の力をこめて飛び上がるも、全く届かない。

慌てて左右を見たが、近くに階《きざはし》はない。仕方なく、包丁を庇に置いてから、高欄に手をかけてよじ登ろうとしていると、叔父は悠々とこちらに近付き、四苦八苦している墨子の武器を取り上げてしまった。

「ああっ！」

思わず片手を離した瞬間、ずるずると、高欄からずり落ちてしまう。

とすん、と軽い音を立ててお尻が地面について呆然としていると、真上から叔父に見下ろされた。

「……暗殺者として、あまりにお粗末ではないのか？」

心底から呆れ返ったように言われて、墨子はキッと睨み上げる。

「黙れ、卑怯者！」

「卑怯者？」

「お前が、当主になりたかったから、お父さまとお母さまを殺したんだろう」

許さない、と叫ぶと、叔父は軽く鼻を鳴らした。

「それは違う。私は別に、当主になどなりたくはなかった」

全く思いもしなかった言葉に、ぽかんとした。

叔父は平然と、墨子の視線から逃げることなく、こちらを見返している。

――嘘を言っているようには見えなかった。

「では、どうして……」

「どうして、お前の父と母が死んだのか？」

あれは、あの二人の自業自得だ、と融は答える。

「お前の父と母が死んだのは、若宮と、その母を殺そうとした報いを受けたからだ」

墨子は声をなくした。

「私はむしろ、巻き添えになりそうだったお前を助けてやった恩人だぞ。感謝されこそすれ、恨まれる筋合いはない」

言われている意味が分からない。

ぼんやりとする墨子に溜息をつき、融は不意に声を張った。

「逆恨みされてはかなわん。よくよく言って聞かせろ」

その言葉は、墨子に投げかけられたものではなかった。

叔父の声を受けて、その背後からもうひとり、墨子の見知った顔が現れた。

「この度は、ご迷惑をおかけして申し訳ございません」

深々と頭を下げた青嵐に、構わん、と融は静かに言い返したのだった。

「怪我をしているようだ。手当てして、さっさと連れて帰るがいい」


青嵐は、墨子が寺を抜け出したことを咎《とが》めなかった。

邸の一室で傷の手当てをし、刈り取った蘆薈《ろかい》の汁を、蚋に食われた手足に塗りこみながら、ただ静かに語って聞かせた。

「お前の二親は、お前を長束彦殿下の妻にしたいがために、焦り過ぎたのさ」

父は、誰にはばかることなく宗家に不敬の念を顕《あらわ》にし、南家の当主としてあるまじきことに、強引な手段での若宮廃嫡《はいちゃく》を目論んでいた。そして母は、後宮の貴人達を軽んじ、挙句の果てに、弟宮の母親を殺害しようとしたのだという。

「お前の母が毒となる香《こう》を贈り、その結果、弟宮の母は死んだ。これが公《おおやけ》になれば、南家そのものの存続すら危うくなる。だから、南家を守るため、秘密裏に粛清されたんだ。流行り病ということで名誉が守られただけ、まだマシと思うべきかね」

お前も生き残ったことだしな、と淡々と青嵐は言う。

「せっかく助かった命だ。せいぜい、長生き出来るよう、賢くなることだね」

正直なところ、青嵐の言葉の意味を、墨子は正確に理解出来たわけではなかった。

だが、両親が、墨子自身が「いなくなればいいのに」と思っていた、弟宮を本当に害そうとして、その罰として殺されたのだということは伝わった。

――なあに、心配はいらないさ。弟宮なんか、その気になればどうとでも、なる。

そう言ったのは、父だ。

――あの女が後宮を制した気になっているのも、今だけのことよ。

朗らかに言って、こちらに笑いかけたのは、母だった。

――墨子が、入内さえすれば――

ああ！

気付きたくなどなかった。

何気なく言っていた言葉の意味が、こうなってみて、初めて分かるなんて。

「本当は、お父さまと、お母さまが、『悪い奴』だったの？」

震える声で尋ねると、一瞬だけ、青嵐の手が止まった。

「……さあね」

アタシには、難しいことは何も分からないよ、と、そう言い添えたのが、青嵐の優しさだったのか、どうか。

わたしのために、お父さまも、お母さまも悪いことをした。

わたしのせいだ――全部、わたしの。


青嵐と共に慶勝院に戻って以来、墨子は勤行にも、寺の手伝いにも参加しなくなった。

ただ、父母の墓の傍で、ぼんやりと膝を抱える日々だ。

墓石だけが立派で、墨を流したように彩りがない、灰色の墓。

病で死んだということにはなっているが、神官達は、どういった経緯で彼らが死んだかを知っている。だから、墓守人のくせに、父母の墓には誰も手を合わせないのだ。

墨子が手ずから摘み、供えた花も、いつの間にか除けられてしまう。

殺風景な墓に、ただ、墨子だけが通い続けた。

そんな、ある日のことだった。

すっかり木々の葉が落ち、吹きつける風が冷たくなった頃、慶勝院がにわかに騒がしくなった。

上皇がやって来たのだ。

上皇の母は南家の出身であり、生前に親しかった親族の、墓参りに来るのだという。それだけならば、別にどうでも良かった。墨子が震え上がったのは、その墓参りに、兄宮と弟宮もやって来ると聞いたからだ。

弟宮は、もともと上皇のもとで養育されるはずであった。だが、体が弱かったせいで母君が手元から離すのを嫌がり、例外的に女屋敷で育てられたのだった。その母君が亡くなったことを受けて、ようやく慣例通り、上皇のもとに引き取られたと聞く。

一目貴人を見ようと、鈴なりになった子ども達の後ろから、墨子はそっと一行の様子を窺《うかが》った。

上皇と思しき男は後ろ姿しか分からなかったが、二人連れ立った、十歳くらいの賢そうな面持ちの兄宮と、とびきり綺麗な顔をした、墨子と同年代くらいの弟宮は見ることが出来た。

兄宮・長束彦のことは当然知っているが、自分が嫁入りするはずだった相手だということが、今となっては信じられない。きっちりと豪華な紫の衣をまとうその姿は、もう別の世界の住人に見えた。

一方、弟宮のほうは、いかにも宮烏といった感じの長束彦とは、いささか異なった雰囲気をしている。

兄と同様、立派な衣を身につけているが、細い体にはいかにも重そうで、どうにもさまになっていない。見ているこちらが心配になるくらい青白い顔色で、どことなく生気がなく、唯一、よく動く瞳の光だけが、生きている証のようである。

兄宮はひたすらに弟を気にかけているようだったが、当の弟宮は、興味深そうにあちらこちらを見回している。

一瞬、墨子とも目があったような気がしたが、兄宮に促されるまま、講堂の中へと入って行ってしまった。

――貴人の墓参りは、恙無《つつがな》く終わった。

上皇の用意した供え物のせいで、かつてなく墓所は華やいでいたが、やはり、墓所の外れにある墨子の両親の墓にだけは、何も供えられることはなかった。

上皇の隣で手を合わせている弟宮の、母親を殺した罪人の墓なのだから、それも当然である。

その晩のことだ。

いつものように、墨子は両親の墓参りに出向いた。

どうしても寂しい墓の様子が受け入れがたくて、せめて、夕餉の席で上皇からの土産として配られた飴を、供えてやろうと思ったのだ。

未だに騒がしい寝間からそっと抜け出し、冷え冷えとした墓所を抜け、墨色の二基へと向かう。

だが、そこには先客がいた。

いまだかつてないことに驚いた墨子は、それが誰かを認め、全身の血が凍りつく思いがした。

細っこい、小さな人影。

解き放たれた髪はさらさらと夜風になびき、首すじの白さがいかにも寒々しい。

煌々《こうこう》とした硬質な冬の月明かりのもと、護衛の一人も連れずに墓の前に立っていたのは、その墓の住人によって命を狙われ、母親を殺されたはずの弟宮だった。

思わず、木陰に身を隠してしまった。

こわごわと木の葉の間から様子を窺えば、弟宮は、きょろきょろと周囲を見回し、枝打ちされたまま放置されていた枯れ枝を拾い、墓の前に戻って来た。

胸がざわざわする。

一体、何をするつもりなのだろう。まさか、あの枝で、墓石をぶつつもりなのだろうか。

墨子自身、たとえ罪人で、その報いを受けただけなのだと分かった後でも、死んでしまった母のことが恋しくてたまらないのだ。何の罪もなく母を殺されたのだとすれば、どれだけ怨《うら》んでも怨みきれないだろう。

息を殺し、瞬きも惜しんで、弟宮の一挙手一投足を追う。

弟宮は、そっと、枯れ枝を月に掲げた。

月の中に、黒い枝の影が浮き上がる。

――その瞬間に起こったことは、まさに奇跡だった。

しゃん、と。

弟宮が枝を振ると、まるで、神楽《かぐら》の鈴がふるえるような、澄んだ音が虚空に響き渡った。

すると、空から零《こぼ》れ落ちた月光を、地面に落ちる前に掬《すく》い上げるかのように、枝の先に光が宿り始めたのだ。

それはまるで、月の光が蛍《ほたる》となって、枯れ枝に集まっていくかのようだった。

しゃん、しゃんと、何回かゆっくり弟宮が枝を振る度に、枯れ枝がにわかに生気を帯び、ふっくらと蕾がふくらみ、光の粉を振りまくようにして、一輪一輪が花開いていく。

それは、季節はずれの桜だった。

冷たく暗い墓に、こぼれるように咲き誇る桜の華やかさは、息を呑むほどに鮮やかだ。

満足げに、満開の桜の枝を見つめた弟宮は、それをそっと墓前に供え、手を合わせる。

それだけで、灰色の水底に沈んだように、全く色味のなかったそこが、一気に明るくなったように感じられた。

月光を弾いた花びらが、春の息吹を冬の墓にもたらしたのだ。

その光景を前に、ただあっけに取られていた墨子は、ふと、弟宮の顔を伝うものに気付いた。


――彼は、泣いていた。


こいつは、わたしの両親の死を悼《いた》んでいる。

どうして、と、頭を殴られたような衝撃が走った。

「ねえ」

衝動のまま木陰から飛び出て声をかけると、美しい少年は、驚いた顔で墨子を振り返った。

「どうして、この墓に花をそなえる」

「昼間来た時、ここだけ、何も置かれていなかったから……」

どうしても気になって、と。

その、あまりに呑気な言い分に、理不尽な怒りがひらめいた。

「馬鹿。これは、あなたのお母さまを、殺した者の墓だ！」

「それは、知っている」

あっけらかんと言い切った弟宮に、墨子の頭の中は真っ白になった。

「知っている……？」

「ああ。おじいさまに聞いた」

ならばどうして、という声は言葉にならない。しかし、そんな様子に、何を言いたいのかを悟ったらしい。

弟宮は、静かに瞬《またた》いた。

「母を殺したということが、その者の死を、悲しんではいけない理由になるのか？」

心底不思議そうに言われて、墨子は絶句した。

分からない。この少年の言うことが、何一つ墨子には分からない。

だが、弟宮は墨子の困惑に気付くことなく、ひたすら悲しそうに墓を見やった。

「母上も、ここに眠る人たちも、私は、死なないで欲しかった……」

頭がうまく働かないまま、ふと、自分以外で父母のために泣いてくれたのは、こいつが初めてかもしれないと思った。

遠くで、弟宮がいないことに気付いた侍従《じじゅう》たちが、駆けつけてくる音が聞こえる。

「そろそろ戻らねば」

そう言った弟宮は、その、そこだけ生気にあふれた、きらきらした瞳を墨子に向けた。

「君の名前は？」

「わたしは――」

何も考えないまま答えそうになり、はたと、自分の立場を自覚する。

「おれは、墨丸だ」

初めて、墨丸と自ら名乗った瞬間だった。ぶっきらぼうに、男に見えるようにと意識もした。

「墨丸」

「そうだ。おれは、君と、もっと話がしたい」

また会えるだろうか、と問うと、弟宮は真面目くさった顔で頷いた。

「もちろん。あなたが、それを望むのならば」


その翌日、上皇は南家の本邸へと去って行った。

墓参りは、どうやら口実であったらしい。真の目的は、何やら南家当主と面談をすることにあったようで、以来、皇子二人を連れて、上皇は度々南領《なんりょう》を訪れるようになった。

出来る限り、墨子は弟宮に会いに行きたかった。そうするためには、いちいち徒歩で南家本邸に向かうことは不可能だ。

墨子は恥を忍んで、飛び方を教えて欲しいと、初めて寺の子ども達に自分から話しかけた。

意外だったことに、彼らは屈託なく――むしろ嬉しそうに、墨子に鳥形への転身の仕方と、上手い飛び方を教えてくれた。

中には、真正面から「今までお高くとまってやがったくせに」と嚙み付いてくる者もいた。

だが、罵《のの》りあいでもちゃんと言葉を交わすようになった後の方が、彼らとの距離はずっと縮まったのだ。

初めて、己の翼で飛んだ空は、青く澄んで、広かった。

そして、無事に着地した墨子を、歓声を上げて出迎えた子ども達の笑顔は、あまりに輝かしかった。

良かったねえ、と本当に嬉しそうに少女に微笑まれ、それまで憎まれ口を叩いていた少年が、お祝いにと夕飯のおかずを一品多くくれたその夜、墨子はようやく、彼らの仲間となったのだった。

そうして、墨子は弟宮が南領にやって来る度に、彼と会うようになった。

慶勝院にまでやって来る場合は待てば良かったが、南家本邸に逗留する際は、墨子から進んで会いに向かわなければならない。初めて己の翼で南家本邸を訪ねた時には、徒歩だとあんなに大変だった行程が、こんなにも簡単に来られてしまうものなのかと拍子抜けした。

弟宮は、南家本邸にやって来ると、必ず屋敷の中で三番目に大きな離れへと通される。そこには、築地塀を跨ぎ越すようにして百日紅《さるすべり》が生えていたので、墨子は木登りをして忍び込むようになった。

大抵、弟宮は移動中に気分が悪くなったと言って、早々に床につく。しかしこれは、墨子が会いに来ると知ってから、弟宮がするようになった仮病だった。人気《ひとけ》がなくなったのを待って、枝の中に隠れていた墨子がするすると木から下りて行くと、弟宮は既に着物を布団の下に丸めて押し込み、せっせと人の形に整えているのである。

「よお。もう出られるか？」

「うん」

待っていたぞ、と笑う顔はいとけなく、とても可愛らしい。

彼は、病弱なのに好奇心が旺盛だった。せっかく地方にやって来たのに、室内に閉じ込められているのをもったいないと言うので、こっそり外に連れ出してやることにしたのだった。

会話してみれば、弟宮は、墨子が今までに会ったどんな奴よりも賢く、同時に抜けている少年だった。

中央の政《まつりごと》については、ずっと年上の大人のような口調で喋っているのに、饅頭《まんじゅう》を墨子が横からくすねとっても一向に気付かない。それを指摘しても、「すみは手先が器用なのだなぁ」と感心してばかりいるのだ。狡猾なようでいて、まるで赤ん坊のように、ひどく無垢《むく》な部分があった。

墨子はいつしか弟宮のことを、手のかかる弟を見るような気持ちになっていた。

だが、慎ましやかな交流は、そう長くは続かなかった。

それからいくらも経たないうちに、上皇が亡くなったのだ。弟宮は西家《さいけ》に居を移し、南領にやって来ることもなくなってしまった。

寂しくはあったが、たとえもう二度と会えなかったとしても、墨子は弟宮を友達だと思っていたし、きっと、彼もそう思ってくれているだろうと信じていた。

やがて、墨子の側にも変化が訪れる。

南本家から慶勝院に使者が訪れ、墨子を養女として迎え入れたいと言って来たのだ。

この頃、中央では兄宮が出家し、弟宮が正式に日嗣の御子となったため、南家には弟宮の后候補を出す必要が生まれていた。あの時、見逃してやった恩を今返せ、ということなのだろう。当然、拒否など出来るはずもなく、もったいぶった南家の使者に対し、墨子はただ「身に余る光栄です」と、殊勝《しゅしょう》に頭を下げたのだった。

南家に呼び戻される日の、前の晩のことだ。

青嵐に、話があると呼び出された。

毎日のように手を合わせた神像の前で、墨子は青嵐と向かい合った。

「こうして、ゆっくり話すのは、いつぶりかね」

「いつぶりじゃない。きっと、これが初めてのことだよ」

はっきりと言ってやれば、ああ、そうだったか、と青嵐は溜息をついた。

「……思えば、色々と、お前には辛い思いをさせちまった」

悪かったね、と言った青嵐は、以前よりも、ずっと老けて見えた。

「いきなりどうしたんだ、あんたらしくもない」

思えば、最初に会った頃の青嵐は、老婆というには若過ぎた。今になり、彼女がどういった経緯で自分の監視役になったのか、ふと興味が湧いた。

思うままに質問すれば、青嵐はわずかに苦笑した。

「今言っても、お前はもう考えなしに突っ込むことはないだろうから、言っちまおう。アタシはね、お前の両親は――はめられたのかもしれないと、思っている」

それを聞く墨子の中に、もはや、動揺は生まれなかった。

「聞こう」

青嵐は、墨子の目を見て軽く頷いた。

「耳が痛いかもしれないが、お前のお父さんとお母さんは、南家の頂点にいるということで、明らかに調子に乗っていた」

南家の末席の、下働きをしている青嵐にすらそう見えたのだ。当然、周囲の貴族連中にとって、その振る舞いは耐え難く感じられただろう、と言う。

「だからきっと、切っ掛けは何でも良かったんだ」

青嵐は、ぽつりと呟く。

「南家系列の宮烏達は、こじつけでもなんでも、お前の両親を排斥《はいせき》する理由が欲しかったんだろう。弟宮の母親が死んだ件に、実際、お前の母さんがどう関わっていたかなんて、アタシには分からない。けど、あの子は人殺しなんて大それたことが出来る子じゃなかった。アタシにとっては、それだけが真実だ」

しかし、疑われたのは、疑うように仕向けられたのは、墨子の母、夕虹だった。

この頃には、母の一門もその立場に乗じて、大きな顔をするようになっていた。

周囲からの静かな反発に危機感を覚えた連中は縁を切り、己の置かれている状況に気付かなかった愚かな者だけが――夕虹を裏切らなかった者達だけが、当主夫妻と共に粛清されたのだ。

その数は、悲しいくらいに少なかったという。

青嵐は見切りをつけながら、それでも、なんとか助けてやりたいと思った、半端者だった。

「夕虹を逃がしてやることは、どうあったって出来なかった。だから、お前だけでも逃がしてやりたいと思って、あんな無理やりな手段を取ったわけだ」

ちょっと息をついてから、青嵐は再び墨子の目を見た。

「お前はね、本当はあの時、夕虹と一緒に殺されるはずだったんだ」

墨子は息を呑んだ。

「……撫子の身代わりにするため、生かされたんじゃなかったのか」

「最終的には、そう判断したんだろうね」

だが、あの時点では違ったのだと青嵐は言う。

もともと、幼い姫をどうするかについては、反当主で団結していた彼らの間でも意見は割れていたらしい。一旦は夕虹の遠縁に当たる家が引き取ることに決まったものの、混乱に乗じて殺してしまえという命令が実際には出ていたのだ。

それを知ったからこそ、青嵐は一旦墨子の身を隠してから、新たな当主となった融に助命を嘆願しようとした。

もし、予定通り軟禁先に逃れることが出来たとしても、この状況ではいつ殺されるか分かったものではない。墨子を本気で守りたいならば、融に許しを得た上で、墨子の存在をすっかり隠してしまう必要があった。

青嵐にとっても、それは命がけの賭けであった。

勘気《かんき》をこうむれば、きっとその場で、殺されていた。だが幸いなことに、融は、墨子の生死に全く関心がなかった。

――皇后と、南橘《みなみたちばな》家に見つかりさえしなければ、勝手にするがいい。

そう言って新たな戸籍を用意し、青嵐が監視につく条件で、墨子が慶勝院に住むことを許したのだった。

「逃げたばかりの頃は、一言、お前が『自分は南家の姫だ』と言っちまえば、アタシだけでなく、協力してくれた連中も皆殺しになっちまう状況だったからね。こっちも必死だったのさ」

まあ、余裕がなかったんだね、と青嵐は嘆息する。

「教育係なんて立派なものじゃなかったが、実際に、あんたの母親の卵を温めたのは、このアタシなんだ」

ふと、青嵐は視線を己の膝へと落とした。

本当は、宮烏の礼儀などよりも、もっと大事なことを教えてやりたかった、と囁く。

「馬鹿な子だよ。本当に」

初めて、青嵐の声が震えた。

墨子は膝でにじり寄り、青嵐の顔を覗きこんだ。

「命をかけて、私を守ろうとしてくれたのに、辛く当たってすまなかった。そして、本当にありがとう」

青嵐は、無言で頭を横に振る。そしてふと思い出したように、傍らに置いてあった包みを差し出した。

「アタシからあんたに渡せるのは、これくらいだ」

「これは――」

包みを開いて、瞠目《どうもく》する。

そこにあったのは、つやつやとした、見事な髢《かもじ》だった。

「あの時に切った、お前の髪で作ったんだ」

どうしても捨てられなくてね、と言いながら、青嵐は母親のような手つきで、そっと墨子の短い髪を撫でた。

「髪が伸び揃うまで、時間がかかるだろう。しばらくはこれをお使い」

「青嵐――」

ぶっきらぼうで、恐い女だったが、それでも彼女は、ずっと墨子の味方だったのだ。

青嵐は、真剣な眼ざしで墨子を射抜いた。

「いいかい。今のお前に、選択肢なんかない。南家の宮烏に生まれちまったんだから仕方ないと諦めな。どうせ逃げ回っても殺されるだけなんだから、腹を決めて、自分の居場所は、自分で勝ち取っておいで」

夕虹は間違えた。母親の失敗に学ぶことだ、と。

「蛇の道だ。油断せず、自分の身は、自分で守るんだよ」

「ああ……分かった。心に刻む」

髱を脇に置き、墨子はまっすぐに青嵐に向き直った。そして、綺麗に手を揃え、深々と頭を下げたのだった。

「お世話になりました。どうか、お元気で」

＊　　＊　　＊

それにしても、あの男の正室候補として宮烏に戻るなんて、何とまあ、不思議なめぐりあわせもあったものだ。

唖然とする撫子に見送られて、墨子は愉快な心持ちで外へと出る。

撫子は、可愛い義妹《いもうと》だ。

彼女の未来に幸せがあればいいと心から願っているが、あの子が思い描いている未来は、きっと来ない。

――私が、そうはさせない。

ふと、中央山《ちゅうおうざん》の方を見る。

桜花宮には、見事な花見台があり、すばらしい桜の景観があると聞く。

だが、墨子にとっては、あれからどんなに見事な桜を見ても、若宮が咲かせた一枝の桜を越えて、美しいと思えるものはなかった。

今までがそうだったように、きっと、これからもそうだろう。

自分が、若宮の后になる気は毛頭ない。だが、ぼんくらのうらなり瓢簞《ひょうたん》に代わって、あの男の妻となるにふさわしい者を、見定めてやらなければならない。

叶うならばそれが、あの一枝の恩返しになればいいと、墨子は心から願っている。

まつばちりて

奉籍《ほうせき》、という言葉がある。

かつては単に落飾《らくしょく》を示していた語であるが、現在では特に女として生まれ育った者が、その戸籍を手放し、男として新たに生まれ直す行為を意味している。そして、奉籍した女――女としての生を落とした女のことを、『落女《らくじょ》』と呼ぶ。

山内《やまうち》の歴史において、忠臣として、あるいは奸臣《かんしん》として名を残した者の中には、この落女も含まれていると云われている。だが、一度女としての生を捨てた以上、歴史書の中で特にそれが明記されるということはなく、後世の八咫烏《にんげん》には、男名で記されたその者の正体が、生物として雄であったか雌であったかを知る術はない。

果たして、まだ幼女というべき年頃であったまつが落女という存在を知ったのは、落女本人の口からであった。

まつは、谷間《たにあい》の女郎宿、その布団部屋で生み落とされた。

ならず者の吹き溜まりとして名高い谷間は、お上《かみ》に認められた中央花街《ちゅうおうはなまち》とは一線を画した世界である。繊細な華灯籠《はなどうろう》の代わりに、きつい油の匂いが漂う赤提灯の連なる一角において、女郎が父親も分からぬ卵を産むのはさして珍しい話ではない。

そうして生まれた雛《ひな》の中でも、見目《みめ》の良い娘は歓迎される。中央花街の楼主にでも気に入られれば高値で取引され、そのまま貴族を相手にする高級遊女となる場合もあるのだ。一方で容姿に恵まれなかった娘は、谷間の下卑《げび》た男を相手に体を売る他に生きていく道はない。

生まれつきの見目形で人生の大半が決まってしまうそこにおいて、幸か不幸か、まつの器量は決して悪くなかった。

早くに亡くなった母親は不器量だったが、まつは母親に似ていなかった。小作りな顔の中できりりと吊り上がった目と、淡い鴇色《ときいろ》をした小さな唇が品よくおさまり、後頭部の形はつるりと丸みを帯びて、すっきりとした首元は幼いながら既に色気が感じられた。物心ついて後、その受け答えの聡明さに気付いた内儀《ないぎ》や遣《や》り手婆《てばば》は、「将来は太夫《たゆう》も夢ではない」と大喜びしたものだった。

同じ境遇の少女達は、そんなまつをうらやましがった。苦界と等しき谷間に絶望し、とびきり美しいと噂の花街に生きたい、と願う者がほとんどだったからだ。だが、姉妹同然の少女達の羨望とは裏腹に、まつはちっとも嬉しくなどなかった。

いつも、まつ達の暮らす女郎屋の外は、弁柄《べんがら》格子を冷やかす男達であふれ返っている。よだれを垂らさんばかりの汚い男も、山の手からのお忍びか、澄ました顔で品定めするこぎれいな男も、一度姐《ねえ》さん方と部屋に籠もれば皆一緒だった。中から聞こえて来る音は、いつも聞くに堪えない。それなのに、帰る時間を知らせるため、まだ客のいる部屋に声を掛けなければならないのが、まつにはことさら苦痛だった。

真っ最中の時もあれば、刃傷沙汰《にんじようざた》になりかけていて、慌てて店の者を呼びに行かなければならない時もあった。そうでなくとも、閉め切った部屋を開けた瞬間、ふっと漂う生臭い空気には吐き気がした。

何と分からぬもので湿った敷布も、客が帰った瞬間に表情のなくなる姐さん方も、そのしどけない寝巻きからこぼれ落ちる痣《あざ》つきの乳房も、何もかも嫌で堪《たま》らず、それを普通と思っている仲間が信じられなかった。

まつは、そもそも男が嫌いだった。

男を相手にしなければならぬという点で、中央花街のお職《しよく》も谷間の木《こ》っ端《ぱ》女郎も、さして違いがあるようには思えない。表立って反抗をしたわけではなかったが、嫌悪が態度に現れていたのか、そのうち、目つきが悪いと怒られることが増えていった。

見目が悪くとも、愛嬌があれば生きていける。それだけで、男に可愛がってもらえる。可愛いということは、それだけで谷間ではひとつの充分な才能なのだった。

まつにはその才能が、致命的に欠けていた。

最初のうちは、そういった気位の高さも悪くないと言っていたはずの内儀ですら顔をしかめるようになったのは、遊女としてのしあがるには武器となるはずの歌舞音曲《かぶおんぎょく》に、まつが一向に力を発揮する気配がなかったからだ。

その代わり、まつがのめり込んだのは書であった。

ごちゃごちゃとした錦絵などよりも、墨一色の潔さに、猛烈に心惹かれるものがあった。

手習いの師匠が手本にと取り出した、昔の能書家の写しを始めてみた時、これほど美しいものがこの世にあるのかと衝撃を受けた。

女郎達の使うかな文字は、ただなよなよとして汚いばかりだったが、この墨の黒々とした、流れるような真字《しんじ》の見事さといったら！

「お前は、才走ったところがあるね。言いたいことは分かるけれども、女に生まれた以上、それでは生きにくいだろう」

奇《く》しくも、行く末があやしくなりつつあったまつに対し、唯一同情を示してくれたのが手習いの師匠であったことも影響した。

きっと、文字は人を表すのだとまつは思った。

男に甘え、たまの上客の機嫌をとるためだけに書かれた文は、ふらふらした本人のありようを示すかのような浮き草流だ。一方で、まつの知りうる中で一番賢くて優しいお師匠の筆跡は、余計な力は入っていないのに力強く、同じかな文字とは思えぬほど、ぴんと背筋が張って見えた。

なれば、果たして名のある能書家達は、どんな御仁《ごじん》であったのだろう。

美しい文字の書き手を夢想しながら、自分も少しでもそれに近付きたくて、墨の代わりに水を使い、暇さえあればあちこちで字の練習をした。

字を覚えれば、今度はその意味が分かることが楽しくて仕方がなく、お師匠に頼み込み、わずかな時間を惜しむようにして書物を読み漁るようになった。

てなぐさみ程度に嗜《たしな》めばよいと言われていたはずの手習いに、まつは没頭した。

いくら折檻《せっかん》しても、歌や舞には一切興味を示さず書ばかり好むまつを、女郎屋の面々はもてあましつつあった。

そんなまつが、年も九つになろうかという頃のことだ。

一人の女が訪ねて来た。

「とっても変なおばさんよ。色々なことを訊かれるの」

かつて呼び出された経験のある仲間は気味悪そうに言っていたが、実際、やって来た女の頭は、下男のように刈り上げられていた。もう、六十に近いのだろうが、着ているのは男ものだ。一風変わったその姿を見た途端、店の連中は途端にへこへことへりくだり、まるでお大尽《だいじん》の前に遊女らを勢ぞろいさせるかのように、禿《かぶろ》立ち前の少女を並べたのだった。

「随分と学問好きな、賢い子がいると聞いたものでね」

ああ、君か。ちょっとこちらにおいでなさい。

その言葉に素直に従ったのは、女の目が、今まで見た誰とも違っていたからだ。若くはないが、まっすぐな目をした、頭の良さそうな女だと思った。

いくつか質問をされたが、ぶっきらぼうな口調でこそあれ、その物言いは洗練されており、今までにないほど、会話がすらすらと進む感覚があった。

同じものを感じていたのかは分からないが、女はまつと話をするうちに、目に見えて上機嫌となっていった。

「名は何と言う」

「まつと申します」

「待つとはまた、遊女からすれば縁起でもない名前を貰ったものだ」

「別に、気にしていません」

「客を待つばかりになっても構わないと？」

「縁起かついで、幸せになれたら苦労しないもの」

「ああ、その通りだね」

「そもそも――女郎になんか、なりたくない」

思わずこぼれた本音であった。

父親のいない女郎の子として生まれた以上、芸を売るか、身を売るかのどちらかだ。婆たちは、花街と谷間の女郎屋は全然違うという。だが、自分には芸がない。このままでは、大嫌いな男相手に、身を売るしかなくなる。

男装の女は、おおまじめな顔でひとつ頷いた。

「なるほど、賢い子だ。もしお前が望むのならば、もう一つの道を教えてやろう」

「もうひとつの道？」

「男として、宮中に上がるんだ」

私のようにね、と女は雄々《おお》しく笑った。

「落女という。落女になるためには、女としての生を諦めねばならない。それに、宮中に上がるためには、厳しい修行が必要となるが――」

「行きたい」

即答だった。

「女じゃなくたっていい。女郎にならないでいいなら、なんだってします」

迷いない返事に、女は満足そうな顔をした。

「では、ついておいで」

――その一言で、まつの運命は決まった。

中央花街に行くよりもはるかに大きな額の金子《きんす》が動き、まつは身請けされたのだった。

頷《うなず》きひとつでまつを救い出した女は、楓蚕《ふうさん》と名乗った。自分の身に起きたことがにわかには信じられないまま、とりあえず礼を言おうとしたまつに対し、楓蚕は「相手が違う」と言い放った。

「大金を払い、お前を自由にしたのは、私ではなく、これからお会いする方だ」

そうして連れて行かれたのは、とある寺院であった。

一般に、紫雲院《しうんいん》と呼ばれるそこにいたのは、大紫《おおむらさき》の御前《おまえ》――山内を治める金烏代《きんうだい》、その正室である皇后、そのひとであった。

その時ようやくまつは、自分がとんでもない幸運をつかんだのだということを幼いながらに悟ったのだった。

すっかり恐縮しつつも、必死で礼を述べたまつを見て、大紫の御前は微笑んだ。

「この年まで谷間の遊女の間で育ちながら、これほどしっかりとした挨拶をした者は、未だかつておらなんだ」

なるほど、楓蚕が気に入るだけのことはある、と感心したように呟く。

「まつといったか。そのままでは、いささか女々しゅうて良くないな」

しゅっ、と涼やかな衣擦《きぬず》れの音を響かせ、大紫の御前は立ち上がった。御方《おかた》さま、と狼狽《ろうばい》する女房の制止も聞かず、彼女は上座を下りて、まつに近付いて来た。

まだ若いというのに、不思議な迫力のある女人だった。

特別な美貌を持っているわけではない。だが、その身のこなしは悠揚《ゆうよう》迫らず、静かな声にも有無を言わせぬ響きがある。

大紫の御前からすれば部屋着のひとつに過ぎないのだろうが、軽く肩に掛けた薄絹は透け、縫いとめられた玉だけが空に浮くように光り輝き、そっと両腕を広げて歩み寄るその姿は、それだけで天女さまのようだと思った。

「そなたは今日から、松韻《しょういん》と名乗るがよい」

ふわりと甘い香りがして、気がつけばまつの顔は、大紫の御前の両手によって包まれていた。今まで水仕事のひとつもしたことのないだろう長い指はひんやりとして、赤子のようにやわく滑《すべ》らかだ。

「こうなった以上、そなたは我が娘のようなもの。胸を張り――健やかにあれ」

学ぶのに必要なものはすべて与えよう。期待しておるぞ、と。

――そう言った彼女の瞳の中には、確かに慈愛の光があった。

呆然としたまま紫雲院を退出したまつ改め松韻に、楓蚕はしみじみと言う。

「大紫の御前は、そなたのように才能がありながら、どうにもならぬ身の上の娘に対し、慈悲をかけてくださる。ご恩に報いたいという気持ちがあるのなら、身を賭して働きなさい」

否やがあろうはずもない。

この恩に報いるために、この命ある限り忠誠を尽くすと誓った。

それから松韻は、紫雲院にほど近い尼寺へと預けられた。大紫の御前に恩を受け、彼女に忠誠を誓う女達が総じて藤宮連《ふじみやれん》、と呼ばれていることをそこで知った。

藤宮連の中には武術を仕込まれ、女房兼護衛として大紫の御前に侍《はべ》る者や、市井にまぎれ、いざという時のために間諜《かんちょう》じみた役割を担う者もいるのだという。当然、そういった藤宮連見習いとも言うべき少女達も山内には大勢いるらしいのだが、落女となり、男に混じって朝廷で働くことを期待されている娘は、松韻以外に見当たらなかった。

わずらわしい女同士の関係の中で揉まれ育った身としては、生まれて初めて、大人ばかり――しかも、手習いの師匠以上に落ち着いているまともな大人達――に囲まれての生活は、存外に居心地のよいものだった。おそらくは、性に合っていたのだ。

藤宮連の見習いとして、寺でお勤めをしながら学ぶという一点において、実は谷間とやることはそう変わらない。だが、大人の都合で叩かれたり、怒鳴られたりすることもなければ、男と女が入り乱れている小部屋に行かされることもない。三食まっとうな食事を与えられ、女衒《ぜげん》に覗き込まれることなく湯浴《ゆあ》みが出来て、床の上に着物を敷くのではなく、温かな一人用の布団を与えられる。

それだけでもとんでもない幸せなのに、他人との関係に思い煩《わずら》わされず、学びたいことは何でも学ばせてもらえるなど、松韻にとってはまるで夢のようであった。

結局、同志ともいうべき少女達と出会えたのは、松韻が寺に来て、実に一月も経ってからのことであった。

その日は久方ぶりに会う楓蚕によって、再び紫雲院へと連れ出された。

しかし以前とは異なり、連れて来られたのは、紫雲院の裏手である。

広い裏庭に集まった娘達を見て、すぐに、彼女達が武術を習う見習いであると察した。

楓蚕は再会してこの方、ずっと硬い表情をしていたが、どうしたら良いのか指示を仰ぐと、「仲良くしておいで」と松韻の背中を押したのだった。

松韻が少女達になんと声をかけるべきか戸惑っていると、すぐにあちらから気付いて近寄って来た。

「あなた、楓蚕さまのところの落女見習いでしょう？」

ずっと会ってみたかったのよ、と松韻よりもやや年長の少女達は笑う。

「ちゃんと藤宮連になったら、きっと私達、宮中で一番会うことになるわ」

「よろしくね」

「気難しい楓蚕さまが気に入るなんて、きっととても頭がいいのでしょうね」

「あなたなら、きっとちゃんとした藤宮連になれると思うわ」

あの女と違って、と妙にほのめかすふうな言葉に目を瞬かせると、少女の一人が肩を抱きしめるようにして、本堂へと松韻の体を向かせた。

すると、罪人が引き立てられるように誰かが連れて来られるのが見えた。

途端に、周囲の女達から怒号が上がる。

この、裏切り者！

恩知らず！

地獄に落ちろ！

罵声《ばせい》を浴びせられて顔を落としているのは、白装束の上に縄を打たれた、若い女だった。

「よく御覧なさい。本当はね、楓蚕さまの後は、あの女が継ぐはずだったの」

苦々しい声で少女は言う。

「でもあの女、藤宮連として働くと誓っておきながら、あろうことか大紫の御前を裏切って、男と駆け落ちしようとしたのよ」

「えっ」

それはまた、なんという馬鹿な女だろうと松韻は思った。

松韻は、男に体をめちゃくちゃにされた挙句、最後には駆け落ちの相手が来ないまま、木っ端女郎に落とされた遊女の姿を知っている。

あの女が自分と同じような境遇であったのなら、きっと、大紫の御前に対して多大なる恩があるに違いないだろうに、とんでもない恩知らずだ。

なんとも腹立たしく思った矢先、一瞬にして怒声が途絶えた。

本堂の奥の座敷より、大紫の御前が現れたのだ。

一斉に姿勢を正す女達に向けて、「楽にせよ」とのたまった大紫の御前だったが、一人跪《ひざまず》く女を見下ろすその目は、あまりに冷ややかだった。

あんな目で見下ろされたら、きっとそれだけで死んでしまう。

松韻はぞっとしたが、その眼差しを受けた本人は諦めきった様子で、ただ震えていた。

「……残念だ」

非常に残念だ、と大紫の御前は繰り返す。

「この期《ご》に及んでわらわに出来ることはただ、そなたを見送ることのみよ」

――藤宮連の掟《おきて》は、山内の法よりもはるかに厳しい。

それを、知らないわけではなかっただろうに、と。

「一時でも、陛下より官位を頂いた身。格別の慈悲を以て、自死を許す」

縄が解かれ、女の手に懐剣が握らされた。

その背後に、介錯《かいしゃく》のためか、羽衣《うえ》に襷《たすき》をかけた女が刀を抜いて立つ。

女は動かない。

みっともなく震えながら、手の中の懐剣を見つめる女に対し、不意に、楓蚕が叫んだ。

「利音《りおん》。ありがたく、と申し上げるのです！」

ありがたく、と！

顔を歪めながら発せられた、喉を嗄《か》らさんばかりの、悲痛な声であった。

名誉の点で言えば、自死と刑死では明らかに意味が異なる。せめてと思ったのかどうかは分からないが、そう叫んだ楓蚕をぼんやりと見た女の唇が、かすかに痙攣《けいれん》した。

「……ありがたく、賜《たまわ》ります」

スッと、懐剣の鞘が払われる。

震え、狙いが定まらないまま、刃先が胸へと向かう様子を、松韻は息を殺して見守った。

ひうひうと呼気が乱れ、躊躇《ためら》い傷がやわやわと浮かび、最後に、赤ん坊のように顔を歪《ゆが》めながら、懐剣は胸に刺し込まれた。

悲鳴は上がらなかった。

介錯の刃は過《あやま》たず、首の皮一枚を残し、女の命を刈り取ったのだった。

それから二年ほどして、ようやく松韻にも仲間が出来た。

順《じゅん》という、仔犬のような瞳をした三つ年下の娘が、松韻に次ぐ落女の候補として連れて来られたのだった。

楓蚕は、その理由を朝廷における落女の人手不足のせいだと説明した。

「今上《きんじょう》陛下の秘書官は、現在、大きく二つに分かれています」

楓蚕のような落女の務める禁官《きんかん》。

そして、中央貴族の子弟からなる蔵人《くろうど》。

表舞台にはあまり立ちたがらないと噂の今上陛下に代わり、今の朝廷において実権を握っているのは、もっぱら四大貴族の大臣《だいじん》達と大紫の御前である。かつては立身のためには蔵人になるのがよいとされていたらしいが、四大貴族の力が強くなった今、蔵人を務める官人の顔ぶれはいまひとつ精彩に欠ける。その役割も、各大臣の間で決まったことをうまく今上陛下に奏上し、陛下の意向として諸省との調整に当たるというもの。

一方の禁官は、大紫の御前の権威が高まる今世において、その意向を直接反映させるために設けられた臨時の官である。その職責はほとんどを蔵人と同じくするが、後宮と朝廷を行き来することを許され、今上陛下が迷われた際、皇后との相談を取り持つ伝達役ということになっている。

これまでは、大紫の御前の意向を楓蚕一人で伝えてきたが、将来確実に起こるであろう、二皇子の継承権争いを睨んだ時、それでは事足らなくなると判断されたのだ。

順は、素直な娘だった。

賢かったが引っ込み思案で、気の弱いところがあった。加えて、過去に何があったのか聞かなかったが、松韻以上に男を敵視し、実際に男と相対する場面では、怯《おび》えるようなそぶりを見せることがある。

そんな時は他の者には分からぬよう、さりげなく割って入るようにしていたのだが、それに気付いた順本人が、いささか行き過ぎなくらい松韻になついてしまった。

勿論、素直に慕ってくれる順は可愛いが、男に混じって働くことを考えると、なるべく早く克服すべき態度であるのは間違いない。

だが、もっと自信を持てと言うと、順は決まってはにかむのだった。

「そうはおっしゃいますが、ついつい、松韻さまと自分を比べてしまうのです。いずれ、私も松韻さまのようになりたくて……でも、自分の書くものを見ると、やっぱり、自信なんて持てません」

男達と渡り合わなければならないのだから、彼らよりも優秀でなければ侮《あなど》られる。そんな状況の中で、松韻には書という、他の者にはない一芸があった。

松韻の筆跡《て》は、力強い。豊かな知識に裏打ちされた自信が、確かな実力によって文字という形をとっている。それだけを見れば、誰も女が書いたとは思わぬような、古式に則《のっと》った正統派かつ男らしい筆さばきだ。

今上陛下の言葉を文字に起こす職につく者として、これは確かな武器であった。

参考にと見せられた現在の蔵人達の筆跡は、どれも笑えるほどつたないもので、これならたとえ贔屓目《ひいきめ》であったとしても、自分の方がよっぽどうまい、と松韻は自負している。

書は人を表す。こんな奴らが相手であるなら、恐るるに足らない。

そう思っていた松韻にとって、しかし、例外とも言うべき存在があった。

それは、悪筆ばかりの筆跡の中でひとつだけ、どうにも侮れない筆であった。

内容はなんてことはない。単に、今上陛下が体調を崩しているため、温かい飲み物を用意してくれという書付である。一文字一文字を丁寧に書いたわけでもなく、かな文字で綴られたそれは、だが、ほれぼれするほど優美だった。

やわらかで、精緻《せいち》なのに華やか。

文字の流れから夜の銀木犀《ぎんもくせい》の香りすら感じられるような、書き手のあふれる才能を充分に感じさせるものだった。

松韻の筆が、過去の能筆家を尊敬し、その筆跡をひたすら真似て自分のものにした四角四面の形であるならば、この書き手は、偉人の功績を愛《め》でながら、それでも自分はこう書く、という自由さを持っている。

書付には、『忍熊《おしくま》』と署名されていた。

人は己にないものを求めると言うが、どこか女性的な繊細さも感じ、美しいと、素直に思える筆であった。これを書いた忍熊という蔵人は、一体どんな男なのだろう。

まだ見ぬ能筆家の存在が気になりながら、松韻が正式に奉籍し落女として宮中に上がったのは、齢《よわい》二十一を数える時のことであった。

髪を切って官服を着込み、初めて向かい合った金烏代は、噂に違わずひどく無気力な顔をしていた。

「……そなたは、小さな大紫だ」

どうせ、私の言うことなど聞きはしない、と、そういう声には諦めの色が濃い。

そんな金烏代の傍らで、ぶしつけにこちらをじろじろと観察している男達こそが、噂に聞く蔵人であった。

松韻ら禁官も、金烏代に侍る以外の時間は蔵人所で待機することになっている。

蔵人所にて改めて顔合わせした彼らの反応は、おおむね好意的なものであった。今後、大臣達がすでに決定した事項を、ここで一つの形にすり合わせていく必要があるのだから、敵対するのは百害あって一利なしだ。特に、大紫の御前と利害を共にする南家《なんけ》筋の者は、下にも置かぬ歓待ぶりであった。

大紫の御前が背後にいる以上、松韻を侮る者などいるはずがない。

そう思っていた。

「女のくせに、なんだその格好は」

見るに堪えん、と低く吐き捨てるような声が聞こえ、一瞬にしてなごやかな談笑は吹き飛んだ。

「今のは誰だ。前に出ろ！」

緊張した面持ちの蔵人らに、松韻は鋭く声を上げた。最初に侮られてしまえば、今後に禍根《かこん》を残す。見逃すわけにはいかなかった。

「私だ」

割れる人垣の間から、のっそりと姿を現したのは、ずんぐりむっくりとした体形の男であった。

唇は分厚く、金壺眼《かなつぼまなこ》はまっすぐに松韻を睨み、ぎらぎらと光っている。生まれてこの方、一度も整えたことがないかのようなもじゃもじゃ眉の間には、深い溝が刻まれていた。

百歩譲れば、精悍《せいかん》と言えなくもないかもしれないが、宮烏《みやがらす》として好まれるような貴族然とした女顔とは程遠く、何とも無骨でやぼったい。

貴族というよりも山賊に近いような面構えの男だが、松韻は怯《ひる》まなかった。

「先ほどの暴言、聞き捨てならん。撤回してもらおう」

きつい眼差しを真正面から受けて睨み返すが、男はそれを鼻で笑った。

「謹んでお断り申し上げる。暴言も何も、ありのままの真実を申したまでのこと」

「私は、女としての生を奉り、男としてここに立っている。愚弄《ぐろう》するのも大概にしてもらおう」

「だが、そこもとが女であることに変わりはなかろう。事実を事実と指摘されて、愚弄と感じるそちらの方がおかしいのだ」

上等だと思った。頭の悪い男達の視線には慣れている。松韻は負ける気がしなかった。

「たとえそうでも、働きでは決して劣りはせん。少なくとも、生まれでどうにもならぬことに難癖つけるような貴様よりは、よほど」

受けて立った松韻に苦い顔をして、男は無言のままその場を立ち去った。

「気になさらずとも良いでしょう」

一番近くにいた南家筋の男がなぐさめるように松韻の肩を叩き、「そんなことよりも宮中を案内して差し上げます」と背中に手を当ててきた。松韻は礼を失しない程度に、やんわりとその手から逃れた。

「お心遣いは有り難いが、結構だ。それより、気にしなくとも良いとはどういう意味だろうか」

「ああ。あの男はね、生まれは下級貴族なのですが、前《さき》の金烏代に気に入られて今の地位に就いたのです。主上《おかみ》の代になってからは出世の道も閉ざされてしまったので、我々をやっかんでいるのでしょう」

「そうですか……」

言いながら、ここに来る前に頭に叩き込んできた蔵人の名前と経歴を思い出す。

ああいった不満の裏には、それぞれの家の意向が透けて見える場合がある。単なる嫉妬なのだとすれば、それは喜ばしいことではあるのだが。

「ちなみに、あの者の名は」

念のために聞いておこうと、ただそれだけのつもりだったのに、次に告げられた言葉に松韻は驚愕《おしくま》した。

「東高倉《ひがしたかくら》の忍熊です」

顔合わせの一件は、それで終わりにはならなかった。

大紫の御前の威光に思い至ればすぐにでも態度を改めるだろうという松韻の予想を、

忍熊は裏切り続けたのだった。

出仕する機会が減った楓蚕に代わり、いよいよ金烏代に伺候《しこう》するようになった松韻に対し、忍熊は事あるごとに噛み付いてきた。仕事のやり方には細かく難癖をつけられ、「女が男の真似とは笑わせる」と、顔を合わせる度に嫌味を言われ続けた。これが他の者であるならば、家の関係を持ち出すなり、実力で圧倒するなり、黙らせる方法はいくらでもあったのだが、厄介なことに忍熊にはそのどちらも効力を発揮しなかった。

一応、東家《とうけ》の流れを汲む一族ではあるが、傍流も傍流、取り立てられるまで、東の大臣とは目通りさえしたことのないという縁の薄さだ。上皇が亡くなった今は後ろ盾もなく、もはや失うものは何もないという身の上ゆえ、家の関係を持ち出してもどこ吹く風といった様子である。

蔵人の連中は「相手にするな」と言うばかりで、楯《たて》になるつもりはさらさらないようだった。結果として、忍熊と松韻は正面切ってやりあうことになった。

上皇に気に入られただけの才気があるのは間違いなく、松韻の弁舌にわずかでも緩みがあれば、容赦なく突いて来る。

朝議《ちょうぎ》の前に行われる各省の意向のすりあわせでも、さようにせよという金烏代の言葉が出るまでに、事細かに再考をうながすのだからやりにくくて仕方がない。

大紫の御前や、四大臣の意向を気にする松韻や他の蔵人とは異なり、ある意味、純粋に今上陛下に仕えているのはこの男だけなのだろう。だが、当の金烏代がそれを疎《うと》んでいる節があるため、鬱憤《うっぷん》が溜まっているふうでもあった。

それをぶつけられる松韻としては堪《たま》ったものではない。

なまじ、顔を合わせる前に彼の書を見てしまったのがいけなかった。もしや、蔵人の中にもまともな者がいるのかもしれないと抱いていた淡い期待は、あの失礼な醜男《ぶおとこ》によって粉砕されてしまったのだ。

ついつい、言い返す言葉にも棘《とげ》が出るというものだ。

忍熊も、八つ当たり以上に——つまりは、松韻個人に向けて、何やら悪感情があるのは間違いないようだった。

松韻が出仕するようになってすぐに、順も禁官となったのだが、彼女に対しては仕事の難を指摘することはあれど、感情的になることは全くないようだった。

——順と私で、どうしてこんなに態度が違うのだろう。

次の朝議に向けててきぱきと準備をする順を眺めれば、幼い頃の無垢《むく》な瞳はそのままに、随分と女性らしい姿に成長していた。

いつまで経っても少年のような体形の松韻と異なり、順の体つきは丸みを帯び、その物腰はいかにもたおやかだ。同じような服装と髪型をしていても、順がきちんと女に見えるのは、おそらく話し方や所作が関係している。まん丸な目は大きく、童顔気味で、それだけなら実年齢よりも若く見えた。

書き物をする後輩をまじまじと眺めながら、自分が男であったとしても、確かに順が相手ならば頭ごなしに怒鳴りつけるのは躊躇《ためら》われるだろうと松韻は思った。

「順は私と違って可愛いからなぁ……」

それも仕方ないか、と嘆息するも、そのつぶやきを聞きとがめた順は、「何をおっしゃるのです」と松韻が驚くほどの勢いで顔を上げた。

「松韻さまは、これ以上ないほどお可愛らしいです！　私の憧れなのですから、そんな悲しいことおっしゃらないで下さいな」

「そ、そうだろうか」

あまりの勢いに面食らっていると、順はここぞとばかりに頷いた。

「そうですとも。いえ、確かに、外見は可愛いとは違うかもしれません。可愛いというより、お美しいですもの」

どこかうっとりとした眼差しで、順は松韻を見つめている。

「凛々《りり》しくて、涼やかで……男に媚《こ》びていない、あるがままの美しさです。飾り立て、化粧をすれば、女は誰しも女になれます。でも、松韻さまのように本当にお美しい方は、虚飾を排してこそ、それが際立つのです」

幼い頃の思い出があるせいか、順は松韻を過剰に信奉している節がある。熱心な言葉に居心地の悪さを感じながら、松韻は苦笑した。

「ありがとうな、順」

「忍熊殿が突っかかってくるのだって、きっと、松韻さまの気を惹きたくてに違いありません」

その言葉には思わず真顔になった。

「それぱかりは、絶対に違うと断言出来る」

忍熊から自分に向けられた気持ちは、もっとどろどろとして、苛烈なものだった。

本能的な部分で、お互いにわずかでも傷をつけてやらねば気が済まぬというところがある。

気が付けば、そんな状態のまま五年が経過してしまっていた。

長らくいがみあっていたせいで、顔を合わせれば慇懃《いんぎん》無礼《ぶれい》に罵《のの》りあうような関係にすっかり落ち着き、おそらく、死ぬまでこのままなのだろうと思っていた頃のことである。

その日は、冬の入りでひどく冷え込み、朝から体調が優れなかった。月のものが来ていたのだ。

男としての戸籍を持っているとはいえ、これぱかりはどうしようもない。もともと、他の者に比べて症状が軽めであったこともあり、うっかり気を抜いていた。

規定の時間までは気合いで勤め上げたものの、自宅としている山の手の屋敷へ向かおうと気を抜いた瞬間、くらりと視界が回った。

どっと全身に冷や汗が噴き出て、まるで雲の上にでも踏み出したかのように足の感覚が消えていく。

まずい、と思った。その時歩いていたのは、校書殿《きょうしょでん》の前――蔵人らが、普通に出入りする場所である。ここで倒れれば、女ということでまた侮られてしまうだろう。

それだけは嫌だ！

半ば這うようにして累代《るいだい》の書籍が並べられた納殿《おさめどの》へと入り、書棚と書棚の奥でうずくまる。床に倒れるように臥した瞬間、視界は真っ暗になり、耳鳴りが激しくなった。

納殿の床は、もともと書物の劣化を防ぐために風通しよく作られている。ぞっとするような外気がするすると入り込み、汗ばんだ額が一気に冷えていく。

このまま意識をなくしたら、明日の朝日は拝めぬやもしれぬと、最悪の事態が脳裏を駆け巡る。

どうしよう、と泣きそうになったその時、背後でがたんと物音がした。

「誰かいるのか」

嫌というほど聞き慣れた声の後に、ハッと息を呑む気配が続く。

なんてこと。最悪だ。よりにもよって、一番こんな姿を見られたくない奴に見つかってしまった。

「おい――」

「大事無い。不調の原因は分かっている」

捨て置け、と必死の思いで搾《しぼ》り出した声は、自分でも情けなくなるほど力ないものだった。

一瞬だけ固まった忍熊は、そのまますぐに出て行った。絶望的な気分で、このまま何も見なかったことにしてはくれないかと考えていると、いきなり、頭上から何かが降って来た。

それは、ほのかに黴《かび》の匂いのする、分厚い綿入れだった。

間を置かず、どん、と音を立て、蔵人所にあったはずの衝立《ついたて》が足元に置かれる。

――こうすると、納殿に入ってきた者から、松韻の姿は見えなくなる。

「雑色《ぞうしき》に、他の禁官を呼ぶようにと言付けた」

それだけだ、と苦りきった声で言いながら、衝立の向こうで男が座る気配がする。

しばし、何が起こったのか、脳が理解を拒んだ。

「全く、これだから女は……。子どもでも産んで、さっさと引っ込んじまえばいいのに」

さっと怒りが閃《ひらめ》き、言い返してやりたいと思ったが、体が重くて口も開けない。

無言のままぎゅっと目を瞑《つむ》っているうちに、いつの間にか眠ってしまっていたらしい。

次に気が付いた時には、自室の布団の中で朝を迎えていた。

「松韻さま！　ああ、良かった。気が付かれたのですね。どこか、お辛いところはございませんか」

「順……」

すまん、心配をかけた、と言うと、「全くです！」とどこか怒ったように言われる。

夜通し看病してくれたらしい彼女は半泣きのまま食事を用意し、その間に楓蚕までが見舞いにやって来た。

恐縮する松韻をまるで見習いの時に戻ったかのような調子で叱り付けた後、楓蚕は少し迷った様子を見せてから、やや調子を変えて口を開いた。

「忍態殿に感謝しなさい。貴女の傍《そば》を離れなかったのは、きっと彼の気遣いでしょう」

何でも、順が来るまでの間、衝立の前に座り込んで書物を読んでいたらしい。

「別に、傍にいてくれと頼んだわけでは……」

「馬鹿な子だね。もし、お前を見つけたのが、子女によからぬことをたくらむ輩《やから》だったらどうするのです！」

見つけてくれたのが彼でよかったと言われ、唖然とした。

「そんな馬鹿な。私が大紫の御前の僕《しもべ》と分かっていながら、そんなことをするほど愚かな者はいないでしょう？」

「いるのですよ、いくらでも」

お前は、そういうところの想像力が足りないと楓蚕に溜息をつかれ、言い返せなくなった。

結局、復調した後、納得のいかないまま、忍熊に礼に行くことにした。

彼は、自身に与えられた文机《ふづくえ》で、何やら書き物をしている最中であった。

先日は助かった、といやいや――本当にいやいやながら感謝を伝えれば、案の定、振り返りもせずに鼻で笑われた。

「私が通りかからなかったら、どうするつもりだったのだ」

「どうもしない！」

いらいらする。どうして楓蚕さまといい、こいつといい、同じようなことばかり言うのか。自分の弱みをつかまれたようで、心底屈辱だった。

「恩着せがましいことを申すな。そもそも私相手に、そんなことを考える男なんかいない」

「蔵人の間で、お前がどういう風に言われているか知らないから、そんなことが言えるんだ」

心底馬鹿にしたように言われ、流石《さすが》に閉口せざるを得ない。直接耳にしたことはないが、それが聞くに堪えない下世話な話であることは、松韻でもなんとなく想像はついた。

ぐっと押されつつも、しかし、気を失う前に聞いた一言に対しては、後進のためにも反論しなければと思う。

「確かに、私が不注意だった。手を煩わせたことを、申し訳なく思う。しかしだ。子どもを産んで引っ込めとは聞き捨てならん。撤回しろ」

忍熊は鼻を鳴らした。

「断る」

「貴様……」

いっそ、その一貫した態度に清々《すがすが》しささえも覚えた。

「どうして、私を馬鹿にする？　そんなに女が嫌いなのか」

それを聞いた忍熊は、心外だと言わんばかりに眉根を寄せ、ようやくこちらを見た。

「俺は女が嫌いなんじゃない。落女が嫌いなんだ」

「女のくせに生意気だからか？」

「違う。痛々しくって、見てられん」

おかしいだろうが、と忍熊はパチリと筆を置き、松韻に向き直った。

「どれだけ男の格好しようが、お前達はどっからどう見たって女だぞ。しかも男であるとされながら、後宮には出入りできるし、断髪まで強制されている。建前ですら男扱いが徹底されていない状況で、女扱いするなと本人ばかりが息巻いている」

女を馬鹿にしているのはどっちだ、と忍熊は松韻を真正面から睨みつける。

「女であることを誇るのなら、女の格好のまま、女の官人として働けばよいではないか」

「それは――」

今まで考えたこともない言葉に、思わず、ぽろりと本音がこぼれ出た。

「確かに」

「だろう？」

ニヤッと、忍熊は笑う。

それは、言い負かしてやった、という単純な感情ゆえだったかもしれない。だがこの時初めて見た忍熊の笑みは、なんとも子どもっぽいもので、妙に松韻の印象に残ったのだった。


それから、何が変わったというわけではない。

相変わらず、松韻と忍熊はぶつかり合ったし、政治の場以外で、言葉を交わすということもなかった。

しかしいつしか松韻は、真逆を向いた同志ともいうべき連帯感を忍熊に覚えるようになっていた。

それはもしかしたら、うわべでは優しい言葉をかけながら、女という一点を以て、落女は自分達の下の存在であると疑わない男達との違いを感じたためかもしれない。

少なくとも、他の蔵人らから感じるようになっていた下心のようなものを、忍熊から感じることはなかった。

互いを罵倒《ばとう》し、睨み、馬鹿にしながら、それでも自分達は対等であると信じていた。

だからこそ——苦い顔の楓蚕より呼び出された時は、何を言われたのか理解することが出来なかった。

「あなたは、忍熊殿と深い関係になっていたのですね」

青天《せいてん》の霹靂《へきれき》とはこのことだ。

仰天し、誤解だ、一体どうしてそんな勘違いを、とまくしたてた。何よりそれは、藤宮連として最も許されない行為である。

言い募る松韻を無言で見つめていた楓蚕は、どこか諦念《ていねん》を滲《にじ》ませて言う。

「先日、忍熊殿が私のところにやって来たのです」

そして、楓蚕に直談判したのだという。

松韻を還俗《げんぞく》させ、自分の正室としたい。そうすれば、今度は女房として宮中に上がることが出来るはずだ、と。

——過去には、宣旨《せんじ》として金烏代に仕えた女官の例があります。現在の禁官の制度は、大紫の御前の意向を受けて急ごしらえしたもの。あまりに無理が多いことは、楓蚕殿こそよくご存知のはず。こういった異例を通し続ければ、いずれ朝廷で反感を買うでしょう——

伝え聞くだけで、いつものあの調子で並べ立てたであろうことは、容易に想像がついた。

「もう一度、確認します。貴女は、忍熊殿と深い関係ではないのですね？」

「藤宮連の誇りに誓って申し上げます。一度たりとも、そういった間違いはございません」

必死で訴えれば、難しい顔をしながらも、楓蚕は安堵の息を吐いた。

「分かりました。そういうことであるのなら、この件は私の口から、大紫の御前に奏上します」

「お、お待ち下さい。私は生涯を、男として過ごすつもりで女を捨てました。今更、女に戻るなど……」

「勘違いしないことです。お前の気持ちなど、大した問題ではありません」

どこか強張った面持ちで、楓蚕はぴしゃりと言い放つ。

「禁官の制は、本来は私一代の特例として設けられたものでした。それを、お前や順にそのまま引き継ぐというのは、もともと道理の通らぬこと。ずっと、懸念はしていたのです」

それに代わる方法があると言うのなら、これがいい機会かもしれませんと、楓蚕は悲しそうな目をして遠くを見た。

「いいですね、松韻。これは、お前の気持ちの問題ではなく、政治の問題なのです。それを、くれぐれも胸に刻みなさい」

そうすれば、少しはましになるでしょう。そう、吐息に紛れた呟きには、かすかに不穏な色が混ざっていたが、動揺していた松韻が、ついぞそれに気付くことはなかった。

「忍熊！　貴様、一体何のつもりだ」

楓蚕のもとを辞した足で、松韻は退勤直後の忍熊のもとへと向かった。怒りよりも、どうして忍熊が急にそんなことを言い出したのか、本当に訳が分からなかった。

出会いがしらに怒鳴りつけられた忍熊は、いつもと同じ仏頂面のまま、悪びれた風もなく言い切った。

「以前、女として政治の舞台に立つことこそが正道と、貴様も言っておったではないか。その手助けをしてやろうと言うのだ。泣いて私に感謝しろ」

「誰がするか。本気で私への嫌がらせというわけではあるまい。何が目的でこんなことを」

「そうしたいと、私が思ったからだ」

「まさか貴様――大紫の御前に取り入ろうという腹か！」

松韻が眉を吊り上げると、忍熊は呆れ果てたように嘆息した。

「なるほどなあ。確かに、私の悲願は朝廷での立身出世だ。貴様を妻にすることによって、朝廷での立場はまた変わったものになるだろうな」

「やはりか！　たとえ貴様の妻にさせられたところで、私の忠誠心は変わりはせんぞ。甘い汁を吸えると思ったら大間違いだ」

大上段に言い切る松韻を、しかし忍熊は鼻で笑った。

「勝手にほざいていろ」

そう吐き捨てて去っていった男を、松韻はわなわなと震えて見送った。すると、一部始終を見ていたらしい順が、青い顔をして駆け寄って来た。

「松韻さま。妻にさせられるとは、一体何事ですか」

「何でもない。何でもないから！」

こんな馬鹿な話、大紫の御前がお許しになるはずがない。きっと、すぐに立ち消えになるだろうと思っていた。動揺しつつも、心のどこかでは本気になどしていなかったのだ。

しかし、それは甘い見通しだった。

楓蚕が、何と言って大紫の御前を説得したのかは知らない。だが、次に朝廷との調整のために後宮に行った時には、すでに松韻の還俗は決定事項となっていた。

立場は変わっても、今まで通り頼むぞといつもの調子で大紫の御前に声を掛けられれば、もはや嫌とは言えない。

呆然とした。拝命しましたと頭を下げながら、何がどうしてこうなったのか、全く現実が受け入れられない。

――自分が、あの忍熊の妻になる。まさか、本当に？

どうあっても、自分の意思がまるきり無視されてここまで事が進んでしまったことに納得がいかなかった。まさか自分が女に戻り、あまつさえ昨日まで喜々として罵り合っていた男の妻になるなど、少し前の自分であれば、笑って信じようとはしなかっただろう。

嵐のような内面を抱えながら松韻が向かったのは、やはり、忍熊のもとだった。

忍熊が住んでいるのは、山の手の西、貴族の屋敷よりも、寺社の多い一角の古くて小さい屋敷だった。

庭の植栽は伸び放題もいいところで、すんなりとした楓の枝には松葉が落ちかかり、ゆらゆらと風に揺れている。苔むした地面は色づいた落葉で覆われ、どこからか山茶花《さざんか》独特の甘い香りがしたが、紅葉に紛れて花の色を見て取ることは出来なかった。

もう少しすれば、自分がこの屋敷の女主人になるのかと思うと、何故か手入れのされていないぼろぼろの透垣《すいがい》すら憎らしく思える。

「どうしてくれる。いよいよ、私は貴様の妻になるしかなくなってしまったぞ……」

自室で書物を読んでいたらしい忍熊は、突然押しかけてきた松韻に対し目を眇《すが》めたが、毛羽立った円座《わろうだ》と白湯《さゆ》を出してきた。

「今更なんだ。不満だったら拒めば良かっただろうが」

「私は大紫の御前の忠実な臣下だ。あの方のご命令ならそれに従うまでのこと」

「そうしろと言われれば、嫌っている男の妻にもなると？」

「命令ならば」

おおまじめに言えば、苦い顔で呻《うめ》かれる。

「……貴様、それでいつか身を滅ぼすぞ」

「それでも構わん。あの方のお慈悲がなければ、今頃私はどうなっていたか分からんのだからな」

神妙に答えると、忍熊の不機嫌そうだった顔が、やや困ったような面持ちへと変わった。

「全く。初めて貴様の書いた上奏文を目にした時には、どんな名士かと思ったものだったが。実際に会ってみたら、まるっきりただの小娘なんだからな」

「この期に及んで私を侮辱するか」

「馬鹿」

く、と喉の奥で笑ってから、小さくぽつりと呟く。

「褒めたんだ」

「は？」

不意打ちに、思わず目を丸くした。

これまで冗談であっても、この男に褒められたことなどないのだ。

忍熊は胡坐《あぐら》のまま、がりがりと頭を掻いた。

「あのな、松韻。俺は、大紫の御前が何をお考えだろうがどうでもいい。ただ、お前がどう思っているのかを聞きたい」

その口調は、今まで一度も聞いたことがないような、ひどくやわらかなものだった。

思わず、まじまじと忍熊の顔を見返し――気付いてしまった。

睨まれていると思っていたが、どうやら、これは違うようだ。真剣な目で、全身全霊をかけて、この男は今、自分の反応を窺《うかが》っている。

「お前、俺の妻になるのは嫌か」

――この屋敷にいるのは、自分とこの男だけだ。

それに気がついた途端、ぶわりと、全身に汗が噴き出す思いがした。

状況に、気持ちが追いつかない。

悪感情ばかり向けられてきた。こいつは、自分のことが嫌いだったはず。それを疑わないうちは全く恐ろしくなどなかったのに、今の忍熊は得体が知れない。分からなくなった途端、真剣な眼差しが、急に怖くなった。

咄嗟《とっさ》に腰を浮かせかけた松韻の手首を、忍熊がすばやくつかむ。

「嫌か」

「わ」

分からない、と漏らした声は、みっともなく震えていた。

分からない――お前の気持ちが、分からない。

そうかと吐息だけで頷き、忍熊の太い指が、硬直した松韻の帯の結び目にかかった。

「やめろ……！」

堪らず、悲鳴を上げた。

強くつかまれた腕を引き寄せられ、その場に倒れこむ。即座に着物の裾を踏まれ、身動きがとれないまま、膝で膝を割られてしまう。

忍熊の表情は見えず、その後は、何も言葉が交わされることはなかった。

後日、金烏代へ還俗と婚姻の報告に向かうと、無表情のまま問いかけられた。

「そなたは、忍熊のことを好いているのか」

「は……」

別に好いているわけでは、と口ごもるが、金烏代は松韻の返答を聞いてなどいなかった。

「そうなのだとしたら、気をつけよ。大紫がそれに気付けば、きっと許しはしないだろう」

あれは、自分が得られぬものに対しての嫉心がひどいから、と。

困惑する松韻に対し、もう行け、と言った今上陛下は、それ以上の説明をするつもりはないようだった。

金烏代が松韻に対し、忠告めいた言葉を寄越してくるなど、初めてのことだ。何やらざわざわとする思いを抱えながら蔵人所へ戻り、そこで松韻は、この場にふさわしからぬ人影を見た。

いつも、後宮において大紫の御前の傍に控える藤宮連の同朋達が、羽衣《うえ》姿でこちらを待ち構えている。

ただ事ではない。

「何か」

あったのですか、と勢い込んで尋ねようとした松韻に、未だかつてなく冷たい目をした同朋が言い放つ。

「松韻禁官。貴官には、大紫の御前に対する造反の疑いがかかっている」

訊き返す暇もなく、音もなく近寄ってきた同朋に両脇を固められる。まるで罪人のような扱いで投げ出された後宮において、上座からこちらを見下ろす大紫の御前の瞳は、凍てつく炎のようだった。

「松韻。よくもわらわを裏切ったな」

「何をおっしゃいます」

何を言われているか本気で分からなかったが、「今更しらばくれる気か」と、藤宮連には口汚く罵られた。

「そなた、もともとあの蔵人と恋仲だったそうではないか」

絶句する松韻に対し、大紫の御前の左右から次々に罵声が飛ぶ。

「大紫の御前の目を欺《あざむ》こうなどと、よくも小ざかしい真似を」

忍熊との縁談は、すべて方便だろうと彼女らは言い立てた。

「貴様は、自分の幸せのため、大紫の御前を裏切ったのだ」

「違います、誤解です！」

首を横に振りながら叫んだ瞬間、見苦しい、と一際高い声が上がった。

「悪あがきもいいかげんになさいませ。もう、すべて分かっているのです」

震える声の主に気付き、松韻は目を見開いた。

「この女は、以前より忍熊と逢引しておりました。ずっと——ずっと」

そうして、大紫の御前の横から、根も葉もない逢引の様子を見て来たように並べ立てるのは、幼い頃から松韻が妹のように可愛がっていた、後輩であった。

「順……」

どうして、という松韻の言葉を無視し、順はただ大紫の御前に対し訴え続けた。

「これまでの恩義があれば、いつか改心されると信じ黙っておりましたが、この上、楓蚕さまを騙《だま》し、ほかならぬ大紫の御前を欺き婚姻を結ぶと聞いて、黙っておれませんでした」

「すぐに知らせなかったことは問題だが、事情が事情だ」

今回は不問に付す、と言われ、順は恭《うやうや》しく一礼する。

「これ以上、言い訳は聞きとうない。連れて行け」

大紫の御前の言葉を受け、松韻は引きずられる。

あまりのことに声が出ない松韻に対し、見間違いようもなく、燃え滾《たぎ》る憎悪を瞳に宿した順が、声なく唇を動かした。

うらぎりもの

汚らわしい、と次いで吐き捨てる声が聞こえた気がした。

目隠しをされて連れて来られたのは、どこかの寺院の一角と見られる座敷牢であった。

藤宮連の掟は、朝廷の法規よりもはるかに厳しい。

どうしたって思い出されるのは、幼い頃に見た処刑の風景だ。

自分もあの女のように、藤宮連の見習い達の目の前で死を賜るのだろうか。

そう思った瞬間に甦ったのは、さっと振りまかれた鮮やかな血の赤色と、体温の感じられる生臭さだった。

その途端――全身にどっと冷や汗が湧いた。

それまで、まるで夢でも見ているかのように現実感がなかったのに、急に、全身の震えが止まらなくなった。

自分は、いつだって大紫の御前に忠実だったのに、信じてもらえなかったことが信じられない。あんな嘘ひとつで、今まで必死に築き上げてきた信頼が崩れてしまうなど――自分と大紫の御前の間にあったものが、こんなにも脆《もろ》いものだったなんて、思ってもみなかった。

ただひたすらに、助けてもらった恩を返そうとしていた今までの人生が、一気に無意味なものに成り下がってしまったような気がする。やわらかな、娘にでも向けるような大紫の御前の笑み一つで、自分はいくらでも頑張れたというのに。

きっと、あの方にとって、自分は娘でもなんでもなかったのだ。

裏切られた、という気持ちはあった。理不尽だとも思った。だが、怒りよりも、ただひたすらに、悲しみと恐れが体を支配していた。

嫌だ。死にたくない。

助けて、と口にしかけた瞬間――脳裏に、ひとりの顔が思い浮かんだ。

ぴたりと、体の震えが止まる。

まさか、と思う。

体を抱きしめた格好のまま、今思ったことを反芻し、そんな自分に、松韻が瞠目《どうもく》した瞬間だった。

「後悔していらっしゃいますか」

冷ややかな声に、ハッとした。

姿は見えないが、高い位置にある格子戸の向こうから、確かに順の声がした。

「順。何故、あんな嘘をついた」

忍熊と自分がそんな関係などではなかったことは、最も一緒にいる時間が長かった順こそが、一番よく分かっているはずだった。しかし、それを言った途端、ドンッと壁の向こうを強く叩かれた。

「あなたは、何も分かっていない！」

聞いたことのないような、順の怒鳴り声だった。

「あなたは、確かに裏切った。大紫の御前だけではありません。私を——この私を、裏切った！　許しません。よりにもよって、どうしてあんな男に！」

「お前……」

松韻よりもよほど泣きだしそうな声に、ようやく、ずっと可愛がっていた後輩の気持ちをわずかながらに知ったような気がした。

かすかに息を呑んだ松韻に気付いたのか、順の声が皮肉っぽく変わった。

「……貴女のそういうところが、たまらなく愛おしかったけれど、今はただただ憎らしい」

せめて私の苦しみを知ってくださいと、そう言い残して順の気配は遠ざかって行った。

一人取り残された松韻は、そのまま動かず、順の去っていった方向を見つめていた。

きっと、こうならなければ、順の気持ちには一生気付くことがなかっただろうと思うと、皮肉だった。

背中を壁に預け、松韻はずるずるとその場に座り込む。

そして、気付けるようになってしまった自分は——きっと、そういうことなのだろう。

――放免の知らせがもたらされたのは、それからわずか二日後のことであった。

牢の前にやって来た楓蚕は、苦りきった顔をしていた。

その顔中に刻まれた深い皺《しわ》と、額に落ちる白髪を見て、この方も随分と年をとったと、遠く隔てられたものを見るような心持ちで思う。

「藤宮連の掟は、山内の法よりもはるかに厳しい……。そうおっしゃっていたのではなかったのですか」

ぼんやりとした松韻の言葉に、楓蚕はさらに顔を歪めた。

「ああ、その通りだ。しかしそれは、大紫の御前が、それを裏切りだとおみとめになった場合のみだ」

お前は、そうではないことが証明された、と楓蚕は早口で言う。

「過ちはあった。だがそれは、お前の意にそうものではなかった――そう、大紫の御前はご理解下さったのだ」

松韻はゆっくりと瞬いた。

順があぁ言った以上、自分のほかに、それを覆《くつがえ》すことが出来る者の存在は限られている。

「……忍熊は、何をしたのです」

「あの男は」

一度、痛みを耐えるように唇を噛んでから、楓蚕は低い声で何があったのかを語って聞かせた。

松韻が、連れて行かれたその晩のことだ。

忍熊は、他の蔵人ら数人と共に中央花街へ出向き、遊女らを大勢呼んで酒宴を催したのだという。そして、ここだけの話だと言って、大声で、愚かな落女のことを馬鹿にしたのだった。

「朝廷では小賢《こざか》しく口煩《くちうるさ》かったが、一度転《ころ》がしてしまえばこちらのものだ」

最初こそ泣いて嫌がっていたくせに、途中から声も出なくなって、ひいひい善《よ》がって気をやってしまった。宮烏《みやがらす》を気取っていたが、所詮は木っ端女郎の股から生まれた淫乱。口ではやめろといいながら、体は男を欲しがって、涎《よだれ》を垂らしていたというわけだ。

「まあ、どれだけ男ぶったところで、あれも所詮、ただの女だったというわけだな」

前々から、落女の存在が目障りで仕方なかった。妻になったらなったで、うまいこと利用してやろうと思っていたが、まさか、女同士の諍《いさか》いで自滅してくれるとは思わなかった、と。

笑って酒を啜《すす》っていたその様子が、日を置かずして、大紫の御前の耳に入ったのだ。

「大紫の御前は、後悔しておられたよ。お前自身の話を聞かず、すまないことをしたと」

松韻は両手で顔を覆い、声を上げて泣き崩れたのだった。

＊　＊　＊

冬になった。

北風の吹く官衙《かんが》を、袖に指先まで引っ込めた役人達が、足早に行ったり来たりしている。

東領が鮎汲郷《あゆくみごう》、その郷長屋敷《ごうちょうやしき》の一角に、中央から派遣されて来た一人の祐筆《ゆうひつ》がいた。

郷吏《ごうり》は郷吏として生まれ、一生をその土地で過ごす地方役人である。四大臣のお膝元である領司《りょうじ》ならまだしも、郷長屋敷へ中央の役人が派遣されて来るということは滅多になく、そのわずかな例外は多くの場合、おおっぴらには出来ないが、中央にいられないほどの失態を犯した者だった。

つまりは、左遷である。

その男は、地方では見られないほどの達筆ではあったが、いつだって酒に溺れて仕事にも手をつけず、手腕をろくに発揮することもなかった。

名ばかりの祐筆に対し、まあ、こんな奴だから流されたのだろうと、お荷物を押し付けられたことを忌々《いまいま》しく思いながらも、郷吏達は見て見ぬふりをしていた。もう、この男が中央に復帰する見込みはないのは明らかだった。

しかしある日、その祐筆のもとに、一人の女が訪ねて来た。

「なんというざまです」

厳しい声で言い放ったのは、男装をした、疲れた面差しの老婆であった。

郷長屋敷の裏手で、酒瓶を片手にしていた祐筆――かつて、金烏代のもとで将来を嘱《しょく》望《ぼう》されていた忍熊は、軽薄な態度で楓蚕を出迎えた。

「あんたか。今さら、島流しにあった男に何の用ですか？」

赤ら顔でせせら笑う忍熊に、楓蚕は静かに告げた。

「松韻が死にました」

その瞬間、すうっと、忍熊の顔から表情が抜けていった。

それまでのひがんだような目つきが、一瞬にして忘我のそれへと変わる。

「どうして」

かすれた声に、楓蚕は思わず視線を逸《そ》らした。

「復官の条件をあの子が呑まなかったのです」

「条件――？」

「あの子は、子どもを宿《やど》していました」

あなたの子です、と。

忍熊の喉が、ひゅっと鳴った。

放免された後に妊娠が明らかになったが、禁官として復帰するための条件として大紫の御前が提示したのは、その子を堕《おろ》すことだった。望まれぬ子ならいない方がよいだろうと大紫の御前は言い、だが、松韻はそれを拒んだのだった。

主君と同朋達の前に、弁明のために引き立てられた松韻は、それ以前の狼狽《うろた》えようが嘘のように毅然としていた。

「胎《はら》の子は、乱暴の結果、宿した子ではありません。私とあの男が、心底愛し合って、そうして出来た大切な子です」

「無理やりではなかったと？」

「はい。私は」

あなたを裏切りました、と。

――それはそれは清々しい顔で、大紫の御前へと言い放った。

楓蚕は、その時の松韻の笑顔を思い出しながら、呻くように言った。

「あの子は、あなたに騙されていたと聞かされた時、泣きながら笑いました
嬉しい、と。

「あの男が、花街で豪遊？　藤宮連の息がかかった女のことを、中央花街の遊女の前で侮辱したですと？　それが何をもたらすか分からないほど、あの男は愚かではないし、女を見くびってもおりません」

楓蚕さま。あの方はね、私を守ろうとしてくれたのですと、松韻は晴やかに笑った。

「そんな男だから、私はあいつに心を許したのです。こんなことになった時、私は、他でもない忍熊に、助けて欲しいと思いました。あいつは、それにちゃんと応えてくれた。立身出世も捨て切れなかっただろうに――自分の夢も、名誉も、すべてをなげうって、私を助けようとしてくれました」

だからこそ、私はあの男を好きになったのです、と。

大紫の御前への裏切りを告白した松韻は、すぐに牢へと逆戻りすることになった。

そして、卵誕《らんたん》を迎えてすぐに、処刑されたのだった。

最期の最期、紫雲院の裏庭へと引き出され、幼い藤宮連見習い達の前で「何か言い残すことはあるか」と大紫の御前に尋ねられても、松韻の態度は変わらなかった。

「あの方を好いたことが私の罪だというのならば、確かに、私は罪人でしょう」

「騙されたと分かっていながら？」

「いいえ。あの方は、私を騙してなどおりません。私には、それが分かります。たとえ、他の誰が分からずとも」

その時、大紫の御前の目は、隠しようのない嫉妬の炎に燃えていた。

だが、その大紫の御前に向けて、松韻は悲しげに、しかし、隠しようもなく穏やかに微笑んで見せたのだった。

「たとえ、あなたに分からずとも——あの男は、確かに私を愛してくれました」

遠くから、どうして、と悲鳴のような声を上げた順に対し、松韻はわずかに哀れむような顔をしたが、それでも、続く言葉にはよどみがなかった。

「そして私も、あの方を心から、お慕《した》いしております」

——介錯の白刃は、過たず、松韻の首を掻き切った。

「馬鹿野郎!」

忍熊のそれは、血を吐かんばかりの絶叫だった。

「……今日は、この子を届けに来たのです」

楓蚕の言葉を受け、背後にずっと控えていた女が、硬い表情のままひとつの卵を忍熊へと手渡した。

「あなたと、松韻の子です」

ああああ、と、卵を抱えたまま、忍熊は耐え切れなくなったように地に倒れ伏した。

卵を抱きしめ、うずくまり、なぜ、どうして、と叫び続ける男を、楓蚕はやるせなく見守った。

花一つ、かんざしひとつ、甘い言葉ひとつとしてなかったけれど、それでも確かに、あの娘はこの男に愛されていた。

それを、かすかにうらやましく思ったのだった。

ふゆきにおもう

垂氷《たるひ》郷郷長《ごうごうちょう》の次男坊と三男坊が行方不明となったのは、まだ朝晩の風の冷たい、春先のことであった。

郷長屋敷では、そこで働く郷吏《ごうり》とその家族達が、一堂に会して食事をするようになっている。郷長の妻である梓《あずさ》は厨《くりや》を預かる立場として、夕餉のために手ずから大量の菜っ葉を白和えにしている最中だった。

外に遊びに出ていた長男が「チー坊と雪哉《ゆきや》がいなくなった」と駆け込んで来たのである。

長男の雪馬《ゆきま》は十一歳になるが、チー坊こと末っ子の雪雉《ゆきち》とは、六つも年が離れている。自立心の芽生えが著しい末弟が、かまいたがりの長男と喧嘩をした挙句、ちょっとした家出をしでかすのはよくあることであり、そんな時は、しっかり者の次男が迎えに行くのが常となっていた。

しかし雪馬は、二人が出て行ったのは昼前なのだと、必死に訴えたのだった。

「いくらなんでも遅すぎるよ。だってあいつら、昼飯にも帰って来なかったんだよ。俺、あちこち探して回ったけど、全然見つからなくって……」

どうしよう母上、と、焦る長男の懐からは、ひしゃげた形の竹皮が覗いている。おそらく中には、二人分の握り飯が入っているのだろう。

「大丈夫だから、そう慌てないの」

「でも」

「どうせ、どこかで昼寝をしているうちに、寝過ごしでもしたのでしょう。お腹を空かせて、きっとすぐに出て来るわ」

お方《かた》さま、と、話を背後で聞いていた女が控えめに声をかけてきたので、梓は軽く頷《うなず》いた。

「でも、そうね。さすがに遅すぎるから、腹ごしらえをしてもまだ戻って来ないようなら、みんなで探しに行きましょう。帰って来たら、きちんと仲直りするのよ」

いいわね、と視線を合わせて言えば、うん、と不安げに雪馬は頷いたのだった。

――しかし、いくら待っても、二人は戻って来なかった。

「チー坊! どこにいるんだ」

「坊ちゃーん。聞こえたら、返事しておくれ!」

一足先に探しに出た梓と女達の後に、夕飯を終えた郷吏達も加わってあちこちを見て回ったが、それに応える声は、一向に聞こえてこない。

山城となっている郷長屋敷のふもとには、畑とそれを預かる郷民の集落、陸路を行く旅人のための宿がある。日中、下の畑に出ていた者は、郷長家の名物兄弟は目にしていないと口を揃えた。

すでに、とっぷりと日は暮れている。

日が出ている間は暖かかったものの、まだ、風の中には冬の名残が色濃い。首元と足首のあたりから冷気が忍び寄り、いよいよ、薄着のまま出かけた子ども達の身が危ぶまれた。

「お前は一度、屋敷に戻って何か口にしてきなさい」

声を嗄《か》らして歩き回る梓に声をかけたのは、夫であり、郷長である雪正《ゆきまさ》であった。

「でも、あなた」

「私達は食事を済ませているが、お前はろくなものも口にせずに出て来ただろう」

「私は大丈夫です。こんな時に悠長に食事なんてしていられません」

「お前は大丈夫かもしれんが、もう、雪馬が限界だ」

ちらりと雪正が目をやった先では、もはや声も出ない様子の雪馬が、半泣きになりながら郷吏の後ろを付いて回っている。

「このままだと、長丁場になるやもしれん。女達には、夜食を作るように言って屋敷に戻した。お前も、雪馬を連れて戻るのだ」

　そこでようやく梓は、先ほどまで行動を共にしていた女達の姿が見えなくなっていることに気が付いた。

「……分かりました。一旦、雪馬を屋敷に帰して参ります」

　引き下がってはみたものの、喉に物が通る気はしない。

　弟達が見つかるまで探すと言っていた長男も、日中から歩き回っていたのだから、やはり疲れていたのだろう。ちょっと休むようにと連れて行った屋敷の軒先で、こてんと小さくなって眠ってしまった。誰かに雪馬を見ていてもらい、自分はもう一度探しに出ようと厨に向かう。

　引き戸を開けようとして、ふと、聞こえてきた声に手が止まった。

「チー坊はともかく、あの次男坊が、迷子になったりするもんかね。こんなに探して見つからないってことは、自分の意志で出て来ないんじゃないの」

「どういう意味だい」

「案外、こちらが必死で探しまわっているのを見て楽しんでいるかもしれないってこと」

　あの子は捻《ひね》くれているからね、と言う声は、どう聞いても、次男に対し好意的には聞こえない。

扉の向こうで、おやめよ、とたしなめる声がする。

「本当の話じゃないか。お館《やかた》さま達の前ではいい顔をしているけれど、うちの子を殴ったのもあの子だよ」

「そりゃ、あんたんとこのが坊ちゃんに失礼なことを言ったからだろう」

自業自得だよ、と呆れたような反応があるが、梓の鼓動は早くなっていくばかりだ。

雪馬や雪雉はともかく、あの次男坊がそんな喧嘩をしていたなんて、今まで一度だって聞いたことがなかった。穏やかで、優しくて、兄と弟が喧嘩している時だって、必ず仲裁に回るあの子が、まさか。

梓が聞いているなどと知るべくもない女は、日ごろの鬱憤《うっぷん》を晴らすかのようにまくし立てた。

「でも、お方さまのお子はどっちもいい子なのに、あの次男坊だけ捻くれているのは、やっぱり母親が違うせいだよ。喧嘩のあと、一度だって謝りもしないんだから」

「いいかげんにおしったら。あんたが家でそんなことばっかり言うから、又聞きした子ども達が坊ちゃんにつっかかるんじゃないか」

「それで返り討ちにされてちゃ世話ないやね」

軽やかに起こった笑声にも、不機嫌そうな声は変わらない。

「お方さまもお館さまも、どうしてあいつを手元で育てる気になったんだか、てんで不思議でならないね。さっさと中央に養子に出しちまったほうが、お互いのためだったのにさ」

冬木さまだって、きっと恨みに思っていることだろうよ、と。

――もう、聞いていられなかった。

勢いよく戸を開けば、それまでこちらに気付いていなかった女達が、ぎょっとした面持ちで口をつぐむ。

「お方さま」

先ほどまで悪態をついていた女の顔にも、しまった、と露骨に書いてある。

息子のためにも、何か言ってやらなければならない気がするのに、怒りとも、悲しみともつかない何かで胸がいっぱいになり、結局、口をついて出たのは、全く関係のない言葉だけであった。

「……あちらで、雪馬が寝ています。私はこれから出ますので、誰か、見てやって下さい」

早口で告げ、踵《きびす》を返した瞬間、「梓さま」と狼狽《ろうばい》した声が背中にかけられたが、とても、振り返る気にはなれなかった。

自分が、雪馬や雪雉と分け隔てなく育てたつもりの次男――雪哉の今は亡き母親は、かつて自分が仕えた、大貴族の姫君であった。

＊　　＊　　＊

二人が出会ったのは、今から二十年ほど前、梓が七歳、冬木《ふゆき》が十三歳の時のことだった。

東西南北の四大貴族のうち、北領《ほくりょう》を治《おさ》める北本家二の姫であった冬木は、生まれつき体が弱く、そう長生きは出来ないだろうと言われていた。

一方の梓は、父親こそ長く北家《ほっけ》に仕えていた一族の出であったものの、母親は、北家とは系列を異にする東家《とうけ》方の中流貴族である。梓自身、中央にある母方の屋敷で育てられたため、それまで、北領にある領主のお屋敷から出ることのない冬木とは、顔を合わせたことがなかった。

新年の挨拶にと連れて行かれた先で、今日は姫の調子がいいからと、初めてのお目通りがかなったのだった。

「あなたが梓ね」

そう言って寝台から身を起こし、脇息《きょうそく》にもたれた冬木は、記憶に残りにくい面差しをしていた。

顔立ちそのものは父親譲りなのだろうが、屈強な体つきと闊達《かったつ》さによって堂々とした印象を持つ父とは違い、その手足も首も異様なくらいに細く、表情は暗く沈んでいた。小さく開けた口からは、ひゅうひゅうと常に苦しそうな呼吸音が漏れており、やわらかそうな髪の毛は寝癖が直らないまま、血の気のない頰にはり付いている。

型どおりの言葉を交わした後、唐突に、冬木は梓に質問を投げかけてきた。

「ねえ、あなた。あたくしのお姉さまは、若宮《わかみや》殿下に入内《じゅだい》できると思う？」

当時、冬木の姉であり、北家一の姫である六《む》つの花《はな》は、日嗣《ひつぎ》の御子《みこ》の正室候補として噂されていた。

冬木に同じことを訊かれた他の者は「もちろん、お姉さまが入内できるに決まっています」と答えたらしいのだが、この時、梓はじっくりと考え込んだ後、こう答えたのだ。

「中央のおやしきでは、東の人たちが、東家の姫さまがお嫁いりするだろうと言っていました。きっと、西のおうちは西の姫さまが選ばれるだろうと思っているでしょうし、それは南のお家もいっしょだと思います。だから、本当はどうなるのか、私には分かりません」

それを聞いた冬木は満足げに微笑して、「気に入ったわ。あなた、今度からあたくしに付きなさいな」と命令したのだった。

梓達からすれば青天《せいてん》の霹靂《へきれき》であったが、名誉な話には違いない。北家夫妻が乗り気だったこともあり、すんなりと、冬木付きの女童《めのわらわ》となることが決まったのだった。

伝え聞いた冬木の評判は、決して芳《かんば》しいものではなかった。

下の者に対して思いやりがなく、意地が悪いと盛んに噂されており、彼女に仕えることになったと伝えた者には、「機嫌を損ねたら、すぐに追い出されてしまうぞ」と半ば脅すように言われてしまった。

実際、一緒に過ごしてみると、拍子抜けするくらい冬木は梓に対して親切であったのだが、一方で、その前評判に頷ける部分もあったのだった。

北家の姫ともなれば他にいくらでも仕えたいと希望する者はいただろうに、どうして自分を選んだのかと聞いた時のことだ。

「あたくし、馬鹿は嫌いなの」

さらりと毒づいた彼女の目は、普段の様子とは打って変わり、冬に張った氷のごとく青白い光に満ちていた。

「あの子達が仕えたいのはね、体が弱くて可哀想な主家のお姫さまであって、あたくしではないの。主の意向に背《そむ》くことは絶対にないから、自分の意志で口を開くこともない。あれは馬だといえば、鹿さえも馬であると頷く者ばっかりよ」

ろくに会話も出来やしない、と、そう言う声に温度はなかった。

「この先、あたくしは長く生きられるわけではないのだもの。どうせなら、気に入った子と、楽しく過ごしたいじゃない。何も考えていない馬鹿の相手で時間を無駄にするなんて、まっぴらごめんよ」

――屈託《くったく》なくそう言う彼女には、大貴族特有の傲慢《ごうまん》さがにじみ出ていた。

冬木は貴族の姫として求められる以上に読書を好み、盤上遊戯を得意としていた。一読した書籍の内容は絶対に忘れなかったし、すごろく、将棋、囲碁、カナコロガシ、武人達が使う兵法の盤上訓練に至るまで、彼女と対戦して、勝てた者はいなかった。

たまに、現役の武官や、朝廷で働く官人が見舞いがてらに相手になってくれることもあったが、そんな時ですら、彼らは一様に「いやあ、姫さまはお強い」と口を揃えるのである。

多くの者は、北家のご機嫌取りのために、彼らはわざと負けたのだと信じて疑わなかった。だが梓は、「手加減してやったんだ」と裏で嘯《うそぶ》く彼らのほとんどが、実際は対戦中に冷や汗を浮かべている姿を目にしていた。

また、中央の土産話を持ってくる客人は少なくなかったので、冬木は決して多くはない言葉の内から、梓が思いもしないような見解を見せることもしばしばであった。

「北家は政治下手よ。入内だけがお家の繁栄につながると考えているんだから、本当に救いようがない。これだけ軍事に長《た》けているのだから、その気になれば宗家《そうけ》にとってかわることだって容易だろうに、わざわざ花街《はなまち》から正妻までとってしまうのだから」

実の両親のことさえも、まるで他人ごとのような顔をして彼女は語った。

「知っている？　美人だったら入内出来るだろうって親戚連中がうるさいから、お父様は中央花街《ちゅうおうはなまち》で一番の遊女だったお母様を、わざわざ正室に迎え入れたのよ。上は、姫の顔も性格も気にしてなどいないでしょうに……父も母も兄も姉も、あの馬鹿な親戚達と一緒になって、おままごとに参加出来ないあたくしを哀れんでいるの」

馬鹿みたい、と冬木は吐き捨てる。

確かに、冬木の両親や兄姉は、冬木の心情を理解しそこねている部分があった。使いもしない雛《ひな》人形やら簪《かんざし》やらを送ってくるあたり、何を冬木が喜ぶかも分かっていないのは明らかだったが、その反面、「冬木は一体何を好むのか」と、梓がこっそり呼び出されることも度々であった。本人が思うほど、両親は冬木に冷淡ではなかったと思うが、彼女はすっかり、自分の身内に絶望していた。

「もし、あたくしが男だったら――もしくは女を捨てて、男として官人になれるくらい体が丈夫だったら、北家を山内《やまうち》の頂点にすることだって出来ただろうに」

それをたまたま耳にした侍女などは「出来もしないことを」と嫌な顔をしていたが、あながち夢物語などでなく、冬木だったら、本当に朝廷を牛耳《ぎゅうじ》ることだって可能かもしれない、と梓は思っていた。

これだけ才気にあふれる人ならば、自分の思い通りにいかない体はさぞやもどかしいだろう。そうと周囲に認めてもらえないというだけで、彼女はひどく賢かったし、そしてそれゆえに孤独だったのだ。

「……この体では、どうせ子どもだって望めないのだもの。あたくしはきっと一生、ここで何にも出来ないまま、ひとりぼっちで死ぬんだわ」

入内するだろう姉の話で盛り上がった客人が去った後、彼女がぽつりと漏らしたのは、ささやくような諦めだった。

華やかな着物と中央のめずらかなお土産、それに似合わない大量の書籍にうずもれた小窓から、世界はどんな色をして見えていたのだろう。

いつの間にか梓の中には、鬱屈した彼女の数少ない理解者は、自分なのだという自負心が生まれていた。

自分の両親や兄姉に対してすら冷ややかな態度をとった冬木は、一度でも自分が心を許した者や、無垢《むく》なものに対しては、驚くほどに思いやり深かった。

迷い込んできた小さな猫や、抱えられてやって来た赤ん坊を見る時など、ごくまれに、ものやわらかに微笑むことがあったのだ。そんな時、ふふふ、と胸に響かないように笑う声は春先の風のようで、梓には何より好ましかった。

確かに、冬木は捻《ひね》くれていて、一筋縄ではゆかぬ御仁《ごじん》ではあったけれど、決してそればかりの女ではなかった。梓は、彼女が誰に対しても引いている一線を越える一人目になりたくて必死だったし、そんな心を敏感に察した冬木も、まるで、自分の胸元に来ようと、必死で裳裾《もすそ》に爪を立てる仔猫を見る眼差しで梓を眺めていた。

かわりばえはしなかったが、穏やかで、あたたかな日々だったと思う。

——転機が訪れたのは、冬木が十八、梓が十二になった頃のことである。

中央に出ていた冬木の兄、玄喜《げんき》が、仲良くなったという友人を連れて北領に帰って来た。

この友人達というのが、まあ、どうしようもなく腹立たしい連中だったのだ。

「いやあ、姫様もお可哀想に。こんなところで閉じこもるしかないなんて」

「中央はいいですよ。中央の話をして差し上げましょう」

そう言って彼らは、自分の一族が中央でいかに財を築き、今はどれだけ豊かで華やかな暮らしをしているのかを、こちらの反応には全く頓着《とんちゃく》することなく、延々と語って聞かせるのである。

これには参った。

むっつりと黙り込んだ冬木に代わり、梓はそれとなく中央の政治に水を向けたが、そんなことよりも、とすぐに自分の贔屓《ひいき》にしている反物屋《たんもの》が作り出した夏の意匠の話になってしまうのだ。

「……衣服ばかりが派手であっても、中身がなければ意味がないのでは？」

とうとう御簾《みす》越しに、冬木が嫌味っぽい一言を投げかけたが、それでも全くへこたれないのだから、ある意味天晴《あっぱ》れではあった。

「ええ、ええ、まさにその通り。しかし、中央で貴族として認められるには、見た目もまた大事なのですよ」

中央の娘達も衣服には汲々《きゅうきゅう》としているし、それを見る目も肥えているからおしゃれするのも大変で、その点、そういった俗世とは切り離された冬木さまは、清らかなお心をお持ちのようでうらやましい、とまでのたまった。

なんとか話を切り上げて追い返したものの、あれがしばらくこの邸《やしき》に逗留するのかと思うだけで、憂鬱《ゆううつ》になりそうだった。

「二度と近づけないで」

「私だって、お相手するのはごめんです」

彼らは、北家に連なりはするものの、すでに本拠地を中央に据えている連中である。北領に来たのも初めてであり、遠乗りにでも出ればこちらに来ることもないだろうと思っていたが、その見通しは甘かった。

彼らはせっかく地方に来ているというのに、領内を見て回ることもせず、翌日から「中央貴族の嗜《たしな》みだから」と、蹴鞠《けまり》を始めたのである。

「あいつら、本当に馬鹿なの！」

「全くです」

冬木の部屋に面した庭からは、ひっきりなしに呑気《のんき》な笑い声が聞こえている。

さっさと帰ってくれればいいのに、と梓が言いかけたその時だった。

「あぶないっ」

切羽詰まった声に、何事かと振り向いた次の瞬間――何か、ひとかかえもあるような塊が御簾を吹き飛ばし、勢いよく部屋の中に飛び込んで来たのだった。

梓と冬木が悲鳴を上げる中、それは壁に跳ね返り、二階棚の上にあった鏡を落とし、床を跳ねまわった。

何が起こったのか分からないまま、思わず冬木と抱き合うようにして竦《すく》み上がる。

――どんどん、と音を立てて転がったそれは、蹴立てた痕《あと》のある白い鞠だった。

二人して唖然としていると、御簾がなくなった欄干《らんかん》の向こうから、焦った顔がこちらをのぞき込んだ。

「怪我はないか！」

光の中に現れたのは、日に焼けた、精悍《せいかん》な面差しの青年だった。

化粧をしているわけではないのに、眉が描いたようにはっきりとしていて、その眼差しはまぶしいほどにまっすぐだ。たくましい体つきをしており、筋肉の綺麗に盛り上がった二の腕が、めくれあがった袖から見えている。

我に返った瞬間、自分の背後に冬木を庇《かば》うように立ち、梓は叫んだ。

「この方をどなたと思っておられるのです！　おさがりなさい」

一瞬目を見開いた青年は、自分が前にしているのが誰であるかを悟ったのか、途端に顔色を変えてその場にひれ伏した。

「これは、大変失礼つかまつりました」

梓は慌てて振り返り、冬木の無事を確かめた。

「冬木さま、冬木さま。お怪我はありませんか」

しかし梓の主は、魂をどこかに置き去りにしたかのような顔つきで、地面で跪《ひざまず》く青年を見下ろしている。

「冬木さま？」

不審に思って名を呼べば、ハッと目を瞬いた。

「ああ、大丈夫。あたくしなら、大丈夫よ」

「良かった」

安堵の息を吐いたのち、眦《まなじり》を吊り上げ、梓は青年に向き直った。

うかがっている。


「本当に、申し開きのしようがございません。あの、私が蹴った鞠が、こちらに……」

見れば、青年のはるか後方では、例の中央貴族たちが、小さくなってこちらの様子をうかがっている。


梓は、先日の無礼の件も含め、もう我慢がならないと思った。

「これは、お館さまにもご報告します」

追って沙汰を、と言いかけたところで「お待ちなさい、梓」と冬木がそれを制止した。

「御簾はこんな風になってしまったけれど、誰も怪我もしなかったし、鏡も割れていないわ。ここは、穏便におさめましょう」

いつもの彼女らしからぬ、か細い声である。

すっかり小さくなった冬木を怪訝《けげん》に思いながら「冬木さまがそうおっしゃるのなら……」としぶしぶ引き下がった梓は、それを聞いた青年が、ほっと安堵の息を漏らすのを聞きとがめた。

「冬木さまがお許しになったとしても、これは大変に、礼を失した行為です。内々でことはおさめますが、二度とこんなことのないよう、くれぐれも注意なさって下さい」

「はい、それは勿論です」

真摯《しんし》に頷く青年の面差しに、おや、と梓は気付いた。

こうして見ると、先日間近で見た連中のなまっちろい顔とは、似ても似つかない。

「あなた、中央の者ではありませんね。どこの、どなたです？」

「申し遅れました。自分は、垂氷の雪正です。垂氷が郷長が嫡男《ちゃくなん》、雪正でございます。本日は父と共に参上したのですが、そこで、彼らに誘われまして」

「ゆきまさどの……」

ぼんやりとした声のもとを見やって、梓は仰天した。

冬木は、梓が今までに見たことのない顔をして、頬を真っ赤に染めていたのだった。


その夕方のことである。

すでに日は落ちて、あたりはすっかり暗くなっていた。

「梓殿」

冬木の茶器を下げようと廊下に出た梓は、庭先から名前を呼ばれてびっくりした。

「昼間の」

「はい。先ほどは大変失礼をしました。垂氷の雪正です」

「今度は、一体何のご用ですか」

「改めて、お詫びに参りました。あの、喜んで頂けるかは分かりませんが、これを」

そう言っておずおずと差し出されたものを見て、梓は返答に困った。

——さて、なんと言ったらよいものか。

腹立たしさに任せて、もう顔を見せるな、と言ってやりたい気持ちもあったが、冬木の気持ちを思い、それはぐっと我慢した。

「……垂氷の嫡男ともあろう方が、こんな、こそこそと庭からいらっしゃるなんて」

「それはその、お恥ずかしい限りです」

「あちらから、ちゃんと上がって来て下さいませ。冬木さまにお通しいたします」

昼間からすっかり物静かになってしまった冬木は、雪正が来ていると聞くと、小さな悲鳴を上げた。そして、まるで童女にでもなってしまったかのような顔で、梓に縋《すが》ってきたのだった。

「どうしよう、梓。あたくし、あの、変な格好ではないかしら」

冬木の猫っ毛はひろがりやすく、くせがつきやすい。慌てて髪を押さえだした冬木に苦笑しつつ、梓は櫛《くし》で軽く整えてやった。

「大丈夫ですよ。それに、あちらは謝罪に来ているのですから、冬木さまは堂々としていらっしゃればよいのです」

きっと喜ぶだろうとは思ったが、この狼狽の仕方は意外だった。

そうして、御簾越しに対面した雪正は、最初に潔《いさぎよ》く頭を下げた。

「昼間のことは、本当にすみませんでした。改めてお詫び申し上げます」

それはもう良いのです、と答える冬木の声は消え入るように弱々しい。そのまま何も言えなくなってしまった冬木に代わり、梓はさりげなく助け舟を出した。

「でも、どうしてあんなに強く蹴られたのです。雪正殿は、蹴鞠をなさったことがなかったのですか」

「いえ。そういうわけではなかったのですが。彼らが、物知らずの田舎者に中央流の作法を教えてやろうという態度だったので、つい腹が立って……」

心底恥じ入った風ではあったが、大体何があったのかは察せられた。しかも、その気持ちは大変よく分かるものだったので、梓も厳しい態度をわずかに和《やわ》らげた。

「それは、まあ、同情いたします」

「姫さま方には、ご迷惑をおかけしました。詫びとはいえませんが、どうぞこれをお納めください」

そう言って雪正が背後から取り出したものを見て、冬木が息を呑んだ。

薄暗がりの中、ゆったりとした呼吸のような明滅は、鬼火《おにび》灯籠《どうろう》よりも淡く、鮮烈な色をしている。

雪正の用意した詫びの品は、美しい緑色に光る、不思議な棒状の何かだった。

「それは、何なのです？」

「蛍《ほたる》です」

「中に蛍がいるのは分かりますが……でも、それを入れているのは植物でしょう」

「姫はご存知ないかもしれませんが、これは、葱坊主《ねぎぼうず》です」

「ねぎぼうず！」

その、幻想的な見た目にそぐわぬ間の抜けた名前に、冬木は目を丸くした。

「ほたるぶくろは見たことがあるけれど、葱とは、また……」

こらえきれなくなったように、冬木は笑い始めた。

「いいものを見せて頂きました。とても可愛いし、素敵だけれど、わたしは、十分楽しみました。だからどうか、蛍はここで逃がしてやってください」

「分かりました」

蛍が逃げないようにしていた栓を抜いてやると、中にいた蛍はしばしそこでうごめいた後、ふうっと、吐息に吹かれたかのような軽さで、そこから外へと飛び立っていった。

帰って行く雪正を見送る冬木の横顔は、今まで梓が見たことのないもので、こんな顔も出来たのか、と新鮮に思った。なんとなく寂しい気持ちもあったけれど、そんなことどうだっていいと思えるほどに、胸が締め付けられてならなかった。

――なんて、可愛らしい方なんだろう。

なんとかしてやりたいと、心からそう思った。

だから北家の当主夫妻に、それを告げたのは梓だった。

冬木さまに好いたお人がいる、と。

縁談は、とんとん拍子に進んでいった。

娘が見初《みそ》めた相手だからと、北家当主は張り切ったし、隠居を望んでいた垂氷郷の郷長も、北家という強力な後ろ盾を確保出来る、息子への冬木の輿入《こしい》れには乗り気だったのだ。

「ありがとう、梓。全部、あなたのおかげよ」

垂氷へと向かう冬木は、幸せに満たされて美しく、自然と、梓の目からも涙がこぼれた。

「冬木さま。どうぞ、お幸せになって」

垂氷郷との折り合い上、梓が、侍女として付いていくわけにはいかなかった。

そうして、冬木は雪正の正室として垂氷郷へと嫁ぎ、梓は、中央づとめをすることになったのだった。

あなただったらすぐに嫁ぎ先も見つかるでしょう、という冬木の言とは逆に、梓はなかなか縁談には恵まれなかった。

いつか冬木が言った通り、結局、冬木の姉は入内せず、北家系列の貴族のもとに嫁ぐことになった。玄喜のもとにも息子が生まれ、梓が中央の北家の朝宅《ちょうたく》で、その子ども達の面倒を見ていた頃。

北家当主の妻から、にわかには信じられない話を持ちかけられた。

「――私を、垂氷郷長の側室に？」

すでに、冬木が垂氷に嫁いでから、五年の月日が経っていた。

あれから何度か文のやり取りをしていたのに、近頃は、その返信がなくなっていた。

いよいよ、体の調子が悪いのかと危ぶんでいたところだったのだ。

冬木の実の母である北家当主の妻、お凌《りょう》の方は、真剣な眼差しで梓に訴えた。

「垂氷で、冬木は窮しているのです。いまだ、垂氷の郷長にはお子がないまま。それも自分のせいだと思えば、肩身が狭くてならないのだそうです」

続けざまに、どうか呑んでやってくれと、北家当主自らが足を運んできた。

「縁談を進めた我々としても、どうにかしてやりたいのだ。冬木は、側室にするならば、せめて梓に、と言っているらしい」

「冬木さまが、本当にそうおっしゃったのですか」

「ああ、そうだとも」

北家当主自ら頼まれては、梓に、選択肢などあろうはずがない。

――違和感はあった。

冬木は、雪正に心底惚れ込んでいた。それなのに、自分から側室が欲しいなどと言い出すだろうか、と。しかし、あの聡《さと》い冬木のことだ。葛藤《かっとう》はあったとしても、これからの垂氷郷を思い、後継者の問題を考えたならば、梓を側室に選ぶこともあり得ない話ではないと思ってしまった。

改めて文を送ったが、やはり、返信は来なかった。

中央から、北家の本邸に呼び戻された梓の元に、とうとう、雪正が訪ねてきた。

垂氷の若き郷長は梓に対し、きわめて誠実だった。

「跡取りがいないせいで、冬木は、垂氷でつらい立場にあるのだ。なんとかかばいながらここまで来たが、心労が、最近は体にまでたたっている。冬木はその実、家の采配も出来ない状態なのだ。どうか、冬木を助けるつもりで、側室になってはもらえんだろうか」

側室という形にはなってしまうが、冬木と同様に大切にするから、と。

「一度、冬木さまに会わせては頂けませんか」

「今は、体の調子が良くないから難しい。だが、そなたがうんと言ってくれれば気鬱も治り、じきに会えるようになるだろう」

半ば、雪正にほだされるようにして、梓は雪正の妻になった。

垂氷郷で、居室を新たに増築するということで、しばらくの間、梓は北家本邸に留め置かれた。最初に言った通り、雪正は熱心に通って来て、そして拍子抜けするくらい、梓はあっさりと懐妊したのだった。

北家当主夫妻はこれを、自分の娘のことのように喜んだ。

「冬木も喜んでいるわ」

そう言ったのは、お凌の方だった。

「本当でしょうか……」

いまだ、冬木と言葉を交わすことの出来なかった梓は不安だった。ふくらみの見えない腹を撫でさする梓の言葉を、しかしお凌の方はほがらかに笑って否定したのだった。

「もちろん、嬉しいに決まっています。今はあの子の具合が良くないようだけれど、生まれた頃には、顔を見せに行ってあげましょう」

名前に動物が入っている男子は、健康に育つという。

数月の後に生まれた子は、神馬《しんめ》にあやかり、雪馬と名付けられた。

未だ北家本邸で留め置かれたまま、梓は初めての子を育てることになった。雪正は熱心に雪馬と梓のもとに通ってくれたし、北家の方で羽母《うば》も手配してくれたので、子育てについての不便は感じなかった。ただ、雪馬は人の姿をとれるようになってから夜泣きが激しく、泣いていない隙を見計らって休むこともしばしばであった。

その日も、雪馬の隣で横になって昼寝をしていたのだが、泣き声とは違う物音に、ふと、目を覚ました。

何やら、外が騒がしい。

「何かあったの」

「行ってはいけません、梓さま」

侍女は固い表情で止めたが、聞こえてくるのは、甲高い女の声と、それに混じる――苦しそうな、咳の音だった。

「まさか、冬木さまがいらしているの」

息子を抱えて廊下に出ると、同じようにそちらに向かおうとしていたお凌の方が、その行く手を遮《さえぎ》った。

「梓。ここは、任せておきなさい」

「ですが」

「いいですね。これは命令です。お戻りなさい」

毅然とした態度のまま、お凌の方は外へ出て行ったが、梓は侍女に促されても、その場に留まり続けた。

「この、裏切り者！　絶対に、絶対に許さないぞ」

――あまりの剣幕に、足が動かなかった。

だがそれは、どう聞いても、冬木の声に違いない。

「何ですか。騒々しい」

呆れたように言ったお凌の方の口調は、まるで聞き分けのない子どもに根気強く話しかけるようだった。

「落ち着いてお聞きなさい。いいですか、冬木。こうなったのは、お前の怠慢です。本来であれば、お前の方から、側室を持つように提案すべきだったのですから」

郷長の妻として最低限のつとめも果たせないのなら、他の者にそれをしてもらうしかないではありませんか、と。

困ったような母親に、冬木は血を吐くような苦鳴を上げた。

「ふざけるな！　だったら最初から、あたくしを嫁になどやらなければよかっただろう！」

「それとこれとは、別の問題でしょう。全ては、お前を思ってのこと。垂氷で良い奥方になって欲しいと願っていたというのに、恩を仇《あだ》で返したのは、お前の方ですよ。この上、側室を認めないなどと、道理の通らないことを言うものではありません」

「何が道理だ。何が、あたくしを思ってのことだ。全部、自分の体面が悪いからだろう。みんなみんな、あたくしを馬鹿にして……あたくしは、お前達の人形なんかじゃない！」

雪馬を抱きしめる手が震えた。弁解したいのに、直接会って話したいのに、聞いたことのないような冬木の怒声が恐ろしくて、どうしても出て行けなかった。

「あたくしは、許さないわ。ええ、死んでも許さない。絶対に！」

絶叫を最後に、咳き込む声が激しくなり、不意に、その音も途切れた。

どうやら、あまりの激昂《げっこう》に、血が頭にのぼって倒れたらしい。

冬木を別棟に連れて行くように下女に指示を出したお凌の方は、凍りついた梓に気付くと、苦笑してみせた。

「あの子には困ったこと。いつまで経っても、自分のことばかりで……。これは、冬木を甘やかしてしまった、あたくしの罪でもあるのでしょうね……」

だから、冬木が言うべきだったことを、この母が代弁したのだと、お凌の方はため息をついた。

「冬木さまが、私を側室にと望んだというのは——嘘だったのですか」

お凌の方は、それには答えなかった。

「厳しいと思えるでしょうが、仕方なかったのです。あの子の立場を思えば、こうするしかありませんでした」

もともと遊女であったこの人は、かつて、ひどく苦労したと聞いている。娘二人と跡継ぎを生むことによって、ようやく貴族として認められた節すらある。

ただでさえ、冬木は侍女たちの間で評判が悪かった。

貴族の妻として認められるには、配下の女達のまとめ役として、家をきりもりすることと、そして、跡継ぎを生むことの二つが必要だ。お凌の方は、娘がそのどちらも放棄した以上、わがままを通させるわけにはいかないと考えたのだろう。

果たしてこれは、親心なのだろうか？　自分が嫁いできたばかりの頃と、似たような境遇に追い込まれた娘に対する思いやり？

いや。きっと、違う。

「好いた殿方と一緒になれただけで、何よりの僥倖《ぎょうこう》というに――一体あの子はこれ以上、何を望むというのでしょうね」

静かに言い切ったお凌の方に、もしかしたらこの方は、北家当主のほかに、心から愛しいと思った殿方がいたのかもしれないと、痺《しび》れたような頭で梓は思った。

「梓、あなたは何も気にせずともよろしい。ただ、雪馬を良い子に育てなさい」

いいですね、と。

思いやり深く言われた梓は、泣き出した雪馬を抱きしめたまま、何も言うことが出来なかった。

どうして嘘をついたのかと詰め寄った梓に、雪正はとうとう本音をこぼした。

「私は、あれを妻にと望んだことは、ただの一度だってない」

「どういうことです……？」

「北家当主よりそれを言われる前に、すでに縁談があった。そなたとの縁談だ」

私は最初から、そなたを妻にと望んでいた、と、苦しい声で雪正は言った。

「そこに、割り込んできたのが冬木だ。最初は断った。そなたがいいと何度も言った。郷長の後継者問題の最中にあった私が、渡りに船とばかりに縁談に飛びついたとでも思っていたのか？　私は、実力で認められたいと思っていた。妻の家の威光を借りるなんてまっぴらだ。縁談は断ったのに、北家当主自らに頭を下げられては、それを突っぱねることは出来なんだ」

娘はそう長生きは出来ないから、せめて、と訴えたらしい。

「その代わり、しかるべき時が来たら、北家当主から側室には必ずそなたを推薦すると、そういう約束だった」

しばらく、ぱったりと縁談が途絶えたことを思い出し、梓は震えた。

「あなたは――まさか、それを言われて、私が喜ぶとでも思ったのですか」

雪正は一瞬ひるんだが、それでも、己の言を翻《ひるがえ》すことはしなかった。

「……最初から、そなたが私の妻になるべきだったのだ。冬木だって、内心では私を下に見ている。出世のために自分を利用せよとまで言うのだから。どれだけあの姫は、私を馬鹿にすれば気が済むのか！」

「違う。違うのです」

それは、不器用な彼女なりの献身だったに違いない。

「とにかく、私が最初から愛していたのは、そなただった。冬木ではない」

「お願いですから、どうかそれ以上、おっしゃらないで！」

――冬木は頭の良い女だった。

雪正の思いに気付かなかったはずがない。どれだけ悔しく、恨めしかったことだろう。

みんながみんな、冬木のためと言いながら、結局のところ、誰も冬木がどう感じるのかなどと一度も思い至らないまま、悪びれもしていないのだ。

これでは、冬木の気持ちはどうなるのだと言いかけ――彼女の心を踏みにじった筆頭が、この自分なのだという事実に愕然《がくぜん》となった。

垂氷に連れ戻された冬木は、死んでも構わない、命に替えても子どもが欲しい、と怒り狂ったという。

誰も、冬木を止めることは出来なかった。

両親の制止も、雪正の説得も、全く何の意味もなさなかった。しまいには、己の首に刃《やいば》を向け、半ば脅すような形で寝所を共にしたという噂まで聞こえたが、真実は、冬木の話になるたびに苦い顔をする雪正にしか分からない。

そして、ひとつの卵を産み落とすと同時に、冬木の体は限界を迎えた。

誰も、雪正を責めることをしなかった。北家当主でさえもだ。

羽母のもとで孵《かえ》った卵から生まれたのは、男の子だった。

垂氷郷郷長、雪正の次男坊、雪哉の誕生であった。

＊　＊　＊

「そう心配するな、梓。皆が探している。きっと、雪哉も雪雉も、すぐに見つかるさ」

蹌踉《そうろう》とした足取りで郷長屋敷から戻ってきた妻を安心させようとでも思ったのか、雪正は軽い口調で言った。

「こうなると、本当に雪哉の家出かもしれないぞ」

あいつだったらやりそうだ、という軽口は、今はどうあっても逆効果だった。

「あなたは、どうしてそんなに雪哉に冷たいのですか。あの子が可愛くないのですか」

泣きそうな声で言われ、雪正は驚いたように目を見開いた。

「馬鹿を言え。もちろん、雪哉も私の息子だ。可愛いに決まっている。だが、時々、我が息子ながら、何を考えているか分からない眼をしている時があるから……」

口ごもる夫に、梓は雷に打たれたように悟った。

――雪正が恐れているのは、冬木だ。

冬木に、見た目も頭の出来も良く似た雪哉は、きっと、敏感に父や女たちの思いを嗅《か》ぎ取っていたに違いない。あの、試すような眼差しは、雪馬や雪雉にはないものだ。

二歳になったばかりの頃、雪哉を北家系列の中央貴族の養子に出すか、自分の手元に引き取るかの、二択を迫られたことがあった。

亡くなった冬木さまが可哀想だ、継母のもとで子どもの立場がないと言うのなら、いっそ手を離してしまった方がお互いのためにはよかろう——そう嘯《うそぶ》く連中の声の、なんと甘かったことか。

結局梓は、甘言《かんげん》と共に伸ばされた手を振り払った。

雪哉を養子にと望んだ者達は、結局のところ、雪哉の身分にしか興味のない連中ばかりだった。冬木の傍《そば》で見てきた彼らのやり口を思い出し、自分のことを「ははうえ」と呼ぶ雪哉を見てしまえば、もう、手放すことは出来なかった。

あの時、自分は雪哉を、自分の息子として育てることに決めて、その決心どおりにしてきたつもりだ。後悔したことはない。だが、それは本当に、雪哉のためになっていたのだろうか。

——自分は果たして、雪哉の母親として、ふさわしいのだろうか。

「梓さま」

たまらなくなり、雪正と離れるように歩いていた梓に声をかけてきたのは、先ほど厨房にいた郷吏の妻のうちの一人だった。

かつて、北家本邸から垂氷までついて来た、冬木付きの侍女だった女である。

「あの、あたし、今まで梓さまに言えなかったことがあったんです。そのぅ、冬木さまについて……」

「冬木さまについて?」

ちょっと躊躇《ためら》った後、彼女は、覚悟を決めたように頷いた。

冬木が、梓が子を生《な》したという噂を聞き、無理を押して北家本邸までやって来た時のことだ。

お凌の方に会う直前に、冬木は梓のいる棟にやって来ていたのだという。

「でも、梓さまは眠っていらっしゃって……その横に、雪馬坊ちゃんが寝かされていたんです」

彼女は、冬木が雪馬に乱暴するのではないかとひやひやしたが、そうはならなかった。

「あのひと、雪馬殿を抱き上げて――こう、笑ったんです」

「……何ですって?」

「笑ったんです。冬木さまが」

自分でも信じられないという顔をして、彼女は繰り返した。

「優しい、優しい笑みでした。あのひとのあんな顔、あたしは見たことがなかった」

そんな顔をした後で、冬木はしばらく、何も言わずに考え込んだ。

そして、わざわざ一度本邸を出てから、改めて正門から入り、あの騒ぎを起こしたのだという。

「あのひとが何を考えていたのかなんて、分かりません。あのひとはあたし達には本当に意地悪だったから。本当は、梓さまに文句のひとつでも言ってやろうと思っていたのかもしれません。でも、少なくとも、怒ってなんかいなかったんじゃないかって、あたしはそう思うんです……」

あんな優しい笑顔をした後に、いきなり怒り狂った冬木。その瞬間の変化を目にした彼女には、冬木の激昂は、どうにも納得がいかないものだったのだ。

「みんなが悪口を言うたびに、あたし、あのひとのあの笑顔が、どうしても思い出されてならなくって……」

どうにも分からない、と、彼女は梓を見上げた。

「梓さま。どうしてあのひとは、あんな顔で笑ったのでしょう」

芽吹いたばかりの木々はまだ寒々しく、腕のように伸ばされた枝の間からは、淡い月影が漏れている。

郷長屋敷の裏手、斜面に生える木々の間をひとりで歩きながら、梓は考えた。

冬木は、怒りと嫉妬にかられて、自分の命を粗末にするような女だっただろうか。誰も幸せにならないようなことを？

否。

確かに彼女は捻くれていて、性格が良かったとはとても言えない。でも、どんな時だって冷静だった。一時の感情で、そんな自暴自棄になるような女じゃない。彼女なりの計算があったはずだ。

彼女は、おそらくは単純に――自分の子どもが欲しくなったのではないだろうか。

もしかしたら、最初は煮えくり返るような怒りがあったのかもしれないが、それも、雪馬を見たら消えてしまった。もともと、かしましい女房には冷たい目を向けるのに、目いっぱいに泣く赤ん坊には、嫌な顔ひとつ見せたことのない女だ。おそらくは、子どもが好きだったのだと思う。思えば、自分に対してひどく優しかったのも、梓が彼女よりも六つも年下だったせいかもしれない。

だが、普通に「子どもが欲しい」と口にしたところで、反対されるのは目に見えていた。冬木は、雪正が自分を好いていないこともとっくに承知していただろうし、北家の意向を気にして、冬木の身を危うくするようなことを、絶対にしないだろうことも見通していた。

だから、怒っているふりをしたのだ。

そうでなければ死んでやると怒り狂って、周囲がそうせざるを得ないと認めるように。

自分の評価を地に落とし、後々のお家騒動も全て承知していながら、きっと、それでも彼女は子どもが欲しかったに違いない。

そして、うぬぼれかもしれないが、それを彼女がやったのは、梓が雪正の妻だったからだ。

冬木は、身内の貴族連中を嫌っていた。

彼らに大事な息子を渡そうなどと思うはずがない。

立場上、雪哉を育てるか否かを決めることになるのは梓だ。

あてつけの意味もあっただろう。怒りだって覚えていたに違いない。だが、もし自分の推測が当たっていて、彼女が何よりも子どもが欲しいと望んでいたのであれば、そんなつまらない感情で、全てをだいなしにするような愚かな真似をするはずがない。

冬木は冷徹で、捻くれていて意地悪で、そして何より、愛情深い女だった。

彼女は、息子を愛していて、そして、梓を信用していたのだ。

――梓だったら、私の子を悪いようにはしないでしょう？

随分と時間がかかってしまった。それでも、やっと、彼女の本当の声が届いた気がした。

私の子をお願いね、と。

「ええ、そうです冬木さま。私達の息子です」

歩きながら、梓は声に出して言った。

「だからお願いです、冬木さま。雪哉と、雪雉を守ってください。どうか無事に、帰してください」

そう言った瞬間、風もないのに、ざわりと木々が揺れた気がした。

梢にかかった朧月《おぼろづき》が、おかしな具合にぐにゃりと歪《ゆが》むのが分かる。

一瞬の後、淡く霞《かす》んでいた月の輪郭がはっきりと澄み、煌々《こうこう》とした光を放つようになった。その大きな満月を背にして、何やら、黒い影が浮かんでいる。

しばし目を凝らし、梓は息を呑んだ。

――それは、信じられぬほど大きな鳥影であった。

各地から名馬が集められた北家本邸ですら、あれほどの巨軀《きょく》を持ったものは見たことがない。同族と見定めてよいのか決めかねているうちに、それはこちらに向かって、ゆるやかに近付いて来た。

そして、立ち竦む梓の前に、悠々と着地したのだった。

降り立つ瞬間、翼に煽《あお》られて、梓の髪がぶわりと舞い上がった。

近くで見たそいつは、やはり、とんでもなく大きな烏《からす》であった。

普通の八咫烏《やたがらす》の、ゆうに三倍はあるのではないだろうか。

黒い鉄のような嘴《くちばし》は鋭く、恐ろしく思ってもいいはずなのに、不思議と、そんな感じはなかった。

梓に向けられた瞳は水晶のようにきらきらと輝き、羽は淡い月光の中でも硬質な紫と瑠璃《るり》の輝きを帯びるほどに艶々としている。大きさを見なかったとしても、どこか八咫烏離《にんげん》れしているというか、それのまとう空気の色、そのものが違って見える。

唖然と見上げていた梓は、しかしその鳥が、何かを咥《くわ》えていることに気が付いた。

何だろう――籠《かご》のようだ。

すると、梓の視線を受けた大鳥が、そっと足元にそれを置いた。

「この子は、貴女《あなた》の息子か？」

思いがけず、少年のような高く澄んだ声が響く。

見れば、花の咲いた藤蔓《ふじづる》で編まれた籠の中で、息子達が眠っていた。

「雪哉――雪雉！」

駆け寄り、むしゃぶりつくように籠にすがりつく。

弟を抱きしめるように、泥だらけとなった雪哉がいる。雪雉の方は、まぶたを真っ赤に腫らしていたが、どちらも目に見える範囲では、どこにも怪我はないようだ。

「安心しろ。ちょっと眠ってもらってはいるが、すぐに目を覚ますだろう」

すまないな、とはっきりとした御内詞《みうちことば》を話し、大鳥は首をかしげた。

「私が中途半端に結界を繕《つくろ》ってしまったものだから、ほころびに足を取られていたのだ」

意味が分からずぽかんとすると、大鳥は言い直した。

「この子達は、自力では抜け出せない場所に、はまり込んでいたということだ。私のせいだから、どうか叱らないでやってくれ」

梓は夢中になって頷いた。

「あなたは――山神《やまがみ》さまの、お使いですか」

「……まあ、そんなようなものだ」

「息子たちを助けて頂いて、ありがとうございます」

「もとはといえば私のせいだ。この子達が大きくなったら、いずれ、また会う機会が来るかもしれん。良い子達だ。大切に育てよ」

大鳥はそう言い残すと、翼を翻して飛び立った。

また、月がぐにゃりと歪む。瞬きの刹那に、まるでまぼろしのごとく、大鳥は空の中へ融けるようにして消えてしまった。

しばしあっけにとられていたが、その姿が見えなくなってすぐに、雪哉がもぞもぞと動きだした。

「雪哉、雪哉。どこか痛いところはない？」

「母上……？」

叱ってはいけないと思っていたのに、つい、「お馬鹿！」と声が出た。

「もう。一体、今までどこにいたの。怪我はない？　大丈夫なの」

「だいじょうぶ」

ああ、無事でよかった、と抱きしめられ、ぼんやりとしていた雪哉は、すぐに我に返ったように「雪雉は！」と叫ぶ。名前を呼ばれたせいか、雪雉もぽかりと目を開く。しばし、何が起こったか分からない顔をしていたが、梓の顔を認めた瞬間、すぐにわあっと泣き始めた。

「ははうえぇ」

「雪雉」

「ごめんなさぁい」

弟が梓に抱きついたので、自然と、雪哉は一歩下がる形となった。

「僕、すぐに帰ろうとしたんです。でも、なんでか同じ道から出られなくなって」

「うん」

「どうして。だってここ、郷長屋敷の裏でしょう？」

周囲の様子を見て、ここがどこだかを悟った雪哉は狐《きつね》につままれたような顔をしていた。

「どうして、迷子になんてなったんだろう……」

「きっと、山神さまのお庭に入ってしまったのよ。でも、お兄ちゃんが、雪雉を守ってくれたのね」

遠慮するように足を引いた雪哉を構わず抱き寄せ、ありがとう、と言う。すると、すうっと雪哉の眉間から険《けん》が抜け、赤ん坊の時と変わらない顔になった。

「……本当は、こ、怖かった」

「そうだよね。怖かったよね」

「帰りたいのに、帰れなくって、雪雉は泣いちゃうし、お腹もへったし」

「でも、雪雉を守ってくれたんだね。強かったね。えらかったね」

お兄ちゃんは頑張った、と言った瞬間、不意に――びえええ、と雪雉に負けない大声で、雪哉が泣き出した。

「お腹へったぁ。もう帰りたい」

もう帰るぅ、と顔を真っ赤にして泣く雪哉に、雪雉の方がびっくりした顔で泣き止んだ。

思えば、ささいなことで喧嘩し、泣いてしまう長男と三男と違い、雪哉がこんな風に泣くのは、ひどく久しぶりだった。

「ごめんねえ、雪哉。一緒に、おうちに帰ろうね」

きっと、色々と我慢をさせていた。申し訳なく思ったが、それでも、こうして泣いてくれるのであれば、まだ何とかなると思った。

雪哉の泣き声を聞きつけ、郷長屋敷の方から慌てふためいて人々が駆けつけて来た。その先頭に立ち、全力で駆け寄って来るのは、雪正だ。

「雪哉、雪雉！　お前ら、どこに行っていたんだ！」

心配したんだぞ、と心底ほっとしたように叫ぶ夫の声。その後ろからは、転がるように駆けて来る長男の姿もある。

今ならまだ、大丈夫。順風満帆とはいえないかもしれないけれど、それでも、この子は自分の息子であり、自分達はひとつの家族なのだ。

今のうちに気付けてよかった。

死んだ八咫烏は、山神のもとに働きに出るという。

もしかしたら、山神に仕える冬木が、このままではいけないと思い、自分にそれに気付く機会を与えてくれたのかもしれない。

――冬木の穏やかな笑い声に似た、木ずれの音を聞いた気がした。

ゆきやのせみ

「……何か、おっしゃりたいことは？」

とんでもなく冷たい声が出た。

忠誠を誓ってこの方、雪哉《ゆきや》としては若宮《わかみや》に対し、神妙な心持ちで臣下としての礼を保ってきたつもりだった。

だが、それも今日で終わりだ。

呆れを通り越し、もはや蔑《さげす》みに近い視線を受けた若宮は、「おお」と何故だか嬉しそうな顔になった。

「お前のその感じ、なんだか懐かしいな」

「ひっぱたきますよ」

「この状況でか？」

無理だろう、と一切悪びれることなく言った若宮と雪哉の間には、頑丈な格子戸が聳《そび》え立っている。

誰がどう見ても、立派な牢屋だ。

山の峰に背中を預けるようにして建てられた町役場に、牢屋は併設されていた。役場の規模としてはひどく小さく、建物の中では、いかにもやる気のなさそうな役人が碁を打ったり昼寝をしたりしている。

雪哉は現在、牢の外から伸び上がり、格子のはめ込まれた窓に取り付き、中を覗き込んでいるのである。見張りの兵もいないので近付くのは容易だったが、牢のつくりは意外としっかりとしていて、簡単に壊れそうにはない。

目下、雪哉の愛すべき主君は、土の上に茣蓙《ござ》一枚を敷いた牢の中で、ちょこんと膝を抱えて座っていた。そしてその隣では、膝ではなく頭を抱えた澄尾《すみお》が、力なく壁に寄りかかっている。

あまりに情けないその姿には、もはや乾いた笑いしか出て来ない。

「本当に、勘弁してくださいよ……真の金烏《きんう》ともあろうお方とその側近が、よりにもよって食い逃げで捕まるなんて！」

馬鹿なんですか、そんなにお腹減ってたんですか、と吐き捨てると、若宮は真顔で首を横に振った。

「いや、腹はそんなに減っていない。これは濡れ衣なのだ」

「んなこた分かってますよ。皮肉です。これくらい言わせて下さい」

僕、何度も言いましたよね、と雪哉は憤然と息まいた。

「頼むから、大人しくしていて下さいって！　あなたもハイって言ったじゃないですか」

それなのに、何をどうやったら、ちょっと目を離した隙に町役場の牢屋にぶちこまれるようなことになるのか。

「そうだなあ」

私も不思議だ、とおおまじめに言う若宮との間に遮《さえぎ》るものがなければ、本気でぶん殴っているところであった。

不知火《しらぬい》の岸で雪哉が若宮に忠誠を誓ってから、もうすぐ二月が経過しようとしていた。

猿との一件以降、雪哉は再び若宮の近習《きんじゅう》として働くようになっていたが、そのほとんどの時間を、明鏡院《めいきょういん》――若宮の兄、長束《なつか》の統括する寺院で過ごしていた。勁草院《けいそういん》への峰入《みねい》り準備のためである。

当初は澄尾から手ほどきを受けるつもりであったのだが、当の指導役が、教本の内容をすぐに暗記してしまった雪哉を見て、「もっとちゃんと学ばせてやるべきだ」と言い出したのだ。そこで、明鏡院の持つ大きな書庫に通わせてもらえないかと長束に打診したのだが、今度はそれを聞きつけた路近《ろこん》が、部下である神兵達の訓練へ雪哉を参加させても良いと言い出した。

雪哉からすれば、願ってもない話である。

以来、暇さえあれば書庫に通って自学すると同時に、神兵らに混ざって試験準備の水準をはるかに超えた修行に明け暮れる毎日を送っていた。

そんな雪哉が、若宮の傍《そば》に侍《はべ》る数少ない例外は、地方への巡啓であった。

若宮は、仙人蓋《せんにんがい》の一件で負った傷が癒えたこの頃になると、神祇官《じんぎかん》の要請を受けて各地に飛び、結界のほころびを繕《つくろ》って回るようになっていた。そして「今後のためになるから」と、雪哉はそれには付き従うことにしていたのである。

もとが神祇官の要請ということもあり、出先で不便を感じることはほとんどなかった。本来、領の移動の際には必ず関所を通らなければならず、正式な手順を踏むと非常に厄介なのだが、関係各所にもきちんと話は通っており、全く滞りなく通ることが出来たのだ。同行する手勢は澄尾と雪哉のみという、半ばお忍びのような形ではあったが、道行きには護衛の神官達が必ず同行し、山寺では下にも置かぬ歓待を受けた。

そんな快適な旅程を繰り返すうちに、若宮の悪癖がうずうずと疼《うず》きだすのが、雪哉には手に取るように分かった。

おなじみの放浪癖である。

根本的に、若宮は身分を隠して好き勝手に動き回るのが大好きだった。

その行動には大抵の場合、隠された意味があるのだが、何と言ってもそれが原因で刺されたばかりなのだ。余計なことはしないでくれと、嫌な予感がする度に、雪哉は口を酸っぱくして言っていた。

だがしかし、南領《なんりょう》の山寺、冷泉寺《れいせんじ》において務めを終えて一泊し、さあ後は招陽宮《しょうようぐう》に帰るだけという段になり、若宮と澄尾の姿が忽然《こつぜん》と消えた。

帰路の護衛につくはずだった神官達は慌てふためき、雪哉も「やられた」と臍《ほぞ》を嚙んだが――澄尾も一緒に消えたと分かった時点で、実は、それほど心配はしていなかった。

己が離れている間に主が刺された一件がよほどこたえたのか、最近では、澄尾は何をおいても、若宮の傍を離れないということを一番に考えるようになっていた。これまでは自重を促す側であったのだが、それで若宮一人で動かれるくらいならば、黙って近くにいた方がいいと思い直したらしい。

まあ、澄尾が一緒ならば、最低限の身の安全は約束されている。せめて置手紙くらいは欲しいものなのだが、これればかりは仕方がないと諦めた。

大事《おおごと》にするのも馬鹿らしく、神官達には心配せずにここで待つようにと伝え、雪哉は二人を探しに、冷泉寺から町へと下りたのだった。

今回、一行がやって来ていたのは、南家《なんけ》の直轄地、宇《う》海《かい》である。

南領の主な交通は、川狩郷《かわがり》、南風郷《はえ》、吹井郷《ふきい》の全てを横断し、東と西へ繋がる環状街道と、直轄地から三つの郷へと放射状に伸びる新街道の二つが担っている。

直轄地の中心部は山内《やまうち》の誇る商業の一大拠点となっているが、この辺りは南家本邸よりも隣の西領《さいりょう》に近く、街道からも逸《そ》れているので、取引所などは存在していない。あくまで、領境の峰に建てられた冷泉寺の参道に出来た観光地、といった印象だ。

活気はあるものの、みんみんと蟬《せみ》がうるさく鳴き、中天にかかる太陽は元気いっぱいで鬱陶《うっとう》しい。

南領は四家四領の中で、最も若宮に対し非友好的な領である。

汗を拭いながら、面倒ごとを起こしていなければいいが、と土産物の並ぶ参道を歩いていくらもしないうちに、店先で興奮したようにさんざめく中年の女達とすれ違った。

「ねえ、見た？　さっき食い逃げで捕まった男」

「見た見た、えらくいい男だったわねえ！」

「んもう。うちの店に来てくれたら、食い逃げなんかしなくたって色々おまけしてやったのにさ！」

若い娘御のように盛り上がる二人に足を止めかけ、まさかな、と首を振ってそのまま通り過ぎようとする。

「でも、大丈夫だったのかしら。連れの子、一緒に連れて行かれちゃったけど、すごい剣幕だったじゃない」

「ああ、あの、ちょっとかわいい顔した色黒の子でしょ？」

「いくらかわいくってもねえ、恐い声出すものだからびっくりしちゃった」

やっぱり人は見かけによらないのかねえ、としみじみした言葉を聞くや、雪哉は即座に踵《きびす》を返した。

「お忙しいところ、すみません」

急に話しかけられ、驚いた風の女達に向け、雪哉はとびっきりの笑顔を向けた。

「ねえお姉さん。そのお話、ちょっと詳しく教えてくれませんか？」


そうしてやって来たのが、町役場に併設する牢屋であった。

この夏の陽気だ。その姿を確認するまでは、中でゆだっているのではないかと気が気でなかったのだが、土に接した牢は思いのほか涼しいようであった。小さな格子に必死に取りすがる自分の背中が、日を受けてじりじり焼ける方がよっぽど問題である。

雪哉には、何故、この二人が大人しく捕まっているのかがさっぱり理解出来なかった。

「町役場って銘打っちゃいますが、ここを統括しているのは領司《りょうじ》直属の下っぱ役人ですよ？　あんたの正体を知らせれば、死んで詫びるくらいすると思いますけど」

「いや。それが、知らせるわけにはいかないのだ」

「何故です」

「ちょっと、初動で下手を打ってな……」

最初は、牢屋に入れられる羽目になるとは思わなかったのだと言う。

「やはり、ここまで来て何も見ずに帰るのは惜しくてな。ちょっと散策しようと思って、参道から外れ、横道を歩いていたのだ」

すると突然、後ろから走ってきた若い男に追い抜かれた。何事かと目を丸くしていると、今度はその男を追って、町の自警団が土煙を上げてやって来た。

「どうも、あの男は食い逃げで追われていたらしいのだが――」

「そいつと勘違いされたわけですね」

「後ろ姿が似ていると言われてしまって。ものの見事に」

やってないと言っても、信じてもらえなかった。しかし、店の者が見ればすぐに疑いは晴れるだろうと思い、一度は、素直についていったのだ。

「今思うと、それが間違いだった」

何故か汁麵屋の男は、食い逃げをしたのはこの男で間違いないと、はっきり証言したのだという。

「それで、素直に捕まったわけですか？」

雪哉は目を丸くした。

「その時点で、身分を明かして阿呆な店員をつるし上げれば良かったじゃないですか」

それを聞いた若宮は曖昧《あいまい》に笑い、澄尾は手で顔を覆ったまま、絶望しきった声を上げた。

「身分手形」

「は……？」

「こいつ、最初に自警団に誰何《すいか》された時に、『墨丸《すみまる》』の身分手形を提示したんだよ」

『墨丸』は、若宮がお忍びの際、よく使用する偽名である。これまでに何度も利用しているのを見ているし、何が問題なのかと雪哉は怪訝《けげん》に思った。

「実はな、『墨丸』は、浜木綿《はまゆう》がかつて使っていた戸籍なのだ」

若宮は、頬を指で掻きながらへらりと笑う。

「あいつが、宮烏《みやがらす》から山烏《やまがらす》に身分を剝奪された際、偽装のために作られた戸籍でな。身分が回復された後、どこかで手続きがすっぽ抜けたらしく、そのまま放置されているのに気がついて……」

こう、兄上に頼んで裏でチョチョイと、と指をくるくると回す。

「それはもう、これまで随分と便利に使わせてもらっていたのだが……本当に、山内のいたるところで、あれこれそれと……各地の役所にも、多分、いっぱい記録が残っていると思う」

さっきから、若宮が一向にこちらと視線を合わせようとしないのが不穏である。

「それで、だ。ここは南家の直轄地で、お前の言ったように、領司から派遣された役人が記録をつけているだろう？　私が身分を明かして口止めしたとしても、間違いなく、この報告は上に行く。そして南家当主は、かつて『墨丸』の戸籍を都合した、張本人なのだ」

段々と話が飲み込めてきた雪哉は、顔を引きつらせた。

「あんた、『墨丸』の名前で、一体何をやらかしてきたんです……？」

「まあ、色々とだ」

少なくとも、『墨丸』が若宮であると明らかになれば、大惨事になるのは間違いない程度には、色々とやらかしているらしい。

澄尾が、呻《うめ》くようにその先を続けた。

「こいつは身分をばらせないって言うし、気が付いた時には、自警団の連中にしっかり囲まれた上に、参道に人が集まりすぎていて、逃げられなくなってたんだ」

濡れ衣だと訴えても信じてもらえず、澄尾も共犯だと疑われ、二人揃って投獄されてしまったのだという。

夕方には、領司に出向いているという官吏が帰って来る。そこで沙汰が決まってしまえば、『墨丸』の記録が報告されるのは避けられない。

「そのまま、誰も気付かないでくれれば万々歳なのだが、南家当主はああ見えて抜け目ないからなあ……。いやはや、参った、参った」

はっはっは、と呑気《のんき》に笑う若宮に、雪哉は白い目を向けた。

「普段ちゃらんぽらんなことをしているから、バチが当たったんじゃないですか？」

「お前、今日は随分と辛辣《しんらつ》だな」

「それだけ呆れているんです。それが嫌ならちゃんとしてください」

「別に嫌ではないが」

雪哉は笑顔になると、格子戸から手を放して地面にすとんと降り立った。

「お二人がお元気そうなので安心しました！　じゃあ、僕は先においとましますね」

背を向けて歩き出すと、「待て待て待て」と澄尾の焦った声がかかる。

「頼む、帰るな。俺達にはお前だけが頼りなんだよ！」

「もうこうなったら、お前に何とかしてもらうしかないからな。お前が来るのを待っていたのだ」

雪哉は牢屋に背中を向けたまま、ハハッと鼻で笑った。

「牢破りですか。どこかから斧でも調達して来ましょうか」

「うーん。そんなに物騒な話ではないかな」

上に報告が行く前に『墨丸』の身の潔白を証明し、我々を解放してくれ、と、何でもないことのように若宮は言った。

「ちょっと、気になることがあるのでな」

＊　＊　＊

――その日、平穏な観光地である冷泉寺の門前町において、ひとつの事件が起きた。

「町の衆、出てきて、我々の話をよぉッく聞いてくれ！」

西日の中、そう大声を上げて参道を練り歩くのは、この町の観光の目玉である、冷泉寺の神官であった。

寺の者が、総出で来たのだろうか。

二十名ほどの神官達が、ある者は銅鑼《どら》を打ち鳴らし、ある者はうやうやしく鈴を振りながら、ぞろぞろと列をなして歩いていく。

何が起こったのかと、接客していた店員や、観光していた客らが、次々に顔を出すと、人が集まったのを見計らい、男は歩みを止めることなく語り始めた。

「本日、大通りの汁麵屋台にて、食い逃げの事件があった」

騒ぎを見聞きした者も多かろうと、普段祝詞《のりと》を唱えるため鍛えられた喉で、朗々と告げる。

「犯人と、その共犯と思しき者が捕まったと聞き、みな、さぞ安堵したことだろう」

しかし！　と、一際大きな声に合わせ、隣にいた神官がグワーンと銅鑼を鳴らす。

「それは、大きな間違いだったのだッ」

なぜならば、かの者が、食い逃げなどをするはずがないからだ、と歌うように男は言う。

「犯人は物見遊山に訪れていたという若衆だった。しかしそれは世を忍ぶ仮の姿――かの方の正体を知りたいものは、これに続け！」

しゃんしゃんごんごんと、まるで祭囃子のような調子で鈴や銅鑼が鳴り響く中、何やら面白そうだと思った人々が、ぞろぞろと神官達のあとをつけて行く。

いつの間にか大所帯となった一行がたどりついたのは、町役場であった。

「これは一体、何事だ」

泡を食った様子で中から出てきた男は、この役場で一番偉い、南領領司から派遣されて来た役人である。

その役人を前にして、神官はようやく足を止める。

「冷泉寺門前町代官。こたび、貴官の進退にも関わる重要な案件について、ひとつ、ご存念を伺いたくまかり越した」

「私の進退に関わるだと……？」

困惑した様子の代官は、やや下腹が出ている中年ではあるが、これまで可もなく不可もなく、だがそれなりに真面目に働いてきた男である。ここでの三年の任期を終えれば、多少ではあるが、領司に戻って昇進することも決まっていた。

まだここに任官して半年も経っていないのに、一体何が起こったのかと困惑する代官に対し、神官はものものしく頷《うなず》いて見せた。

「さよう、さよう。なんでも、貴官の子息の件で、聞き捨てならぬ話を耳にし、この町の弱き者の声を代弁しに参った次第。ひいては、貴官のご存念を伺いたく」

代官はぽかんとした。

「わ――私の息子だと？」

「お気付きでなかったかな。ご子息は、貴官がこちらに任官してからこの方、折に触れて、この町に出店した小さな屋台に狙いをつけ、無銭飲食を繰り返しておったのだ」

様子を見守っていた人々の間からざわめきが上がり、代官の顔色は、一瞬にして真っ青になった。

「そんな馬鹿な……私の倅《せがれ》が、そんな愚かな真似をするわけがない」

「証言する者がおります」

はっきりと通る声がその場に響く。

衆目を集めたのは、浅葱《あさぎ》色の着物を着た、癖毛をひとつくくりにした少年だった。

やわらかな笑みを浮かべた彼の両脇には、二人の男が立っている。

所在なげに立っている一人は、今日、食い逃げにあった汁麵屋である。そして、少年にがっちりと腕をつかまれ、半泣きで震えている背の高いもう一人は、代官の息子であった。

少年に「さあ」と促された汁麵屋はびくりと震え、上ずった声で話し始めた。

「あの、俺は、まだこの町にやって来て日が浅くて——こ、この人が誰だか知らなかったんです。お代を払わないまま、当然のように出て行かれちまって食い逃げだって叫んじまいました」

その声を聞きつけた自警団が出てくると、食い逃げした男が慌てて逃げて行った。しかしその直後、隣に屋台を出していた飴屋に、今の男は代官の息子であると聞いたのだ。

「代官に睨まれちまったら、俺らみたいな屋台は商売なんか出来なくなっちまう。やっちまったと思ったけど、もう手遅れで……」

しかし、どうしよう、どうしようとひたすら困っている最中、自警団が連れて来たのは、全く違った男だったのだ。

「すんません！」

がばりと頭を下げ、汁麵屋は叫んだ。

「悪いとは分かっちゃいたんだが、ついつい、この人が犯人だって言っちまって——あの兄ちゃんには、本当に申し訳ないことをした」

啞然としてそれを聞いていた代官は、信じられないと言わんばかりの面持ちで、自分の息子を見た。

「芳治《よしや》……それは本当なのか」

俯《うつむ》いているせいで、解き放した長髪が顔にかかり、代官の息子がどんな顔をしているのか、周囲からは分からない。が、その腕をつかんだ少年が笑顔のまま「おい」と低く唸ると、芳治はヒイッと情けない声を上げ、その場に倒れ臥すようにして土下座した。

「ごめんなさい、父上！　ここに来たら、なんだか自分も偉くなったみたいな気になって、気分が良くて……つい……」

出来心なんだ、と泣きながら訴える息子は、やせぎすで、なんともさえない風貌をしている。そんな彼を笑顔のまま見下ろしながら、少年は言う。

「でも、自警団を組織している大店には手を出していない辺り、ちゃんと自分が悪いことをしているという自覚はあったんですよね？」

「そうです……」

「屋台なら、泣き寝入りすると思った？」

「おっしゃるとおりです……」

「なんとぉ、これは悪質です。今のお話を聞いた上で、お代官さまはなんとお考えなのでしょうか」

ぐるん、と茶汲み人形のごとく勢いよく笑顔を向けられ、代官の体は思わず跳ねた。一体、さっきから偉そうなこの小僧は何なんだと思いつつ、その背後に集まった人々の視線を感じ、静かに唾を飲み込む。

返答は、もとより一つしかない。

「――絶対に、あってはならぬ行為だ。屋台の者達には、本当に申し訳ないことをした。この馬鹿息子の親として、心から謝罪する」

張り詰めていた空気がほっと緩み、事のなりゆきを見守っていた人々の表情が明るくなる。

だが、笑顔の少年は首をかしげ、「それだけですか」と言う。代官は慌てて付け加えた。

「もちろん、これまでの代金は全て支払おう。代官として、今後こんなことが一切ないよう、屋台の者が安心して商い出来るような方策も考えるつもりだ。合わせて、この町に住む者達の意見を聞く機会を設け、なるべく、多くの者の希望を叶えていきたい。ここがより良い町になるよう、力のあたう限り努めるつもりだ」

何卒、今後ともよろしく頼む、と頭を下げれば、どこからともなく歓声と拍手が沸き上がった。

ここで住人に嫌われて悪評が立っては困ると必死だったが、ついつい、思ってもみなかったことを言ってしまった気がする。

少年が出てきてから、じっと黙ったままだった神官が、ごほん、と咳払いをした。

「では、かの方を解放して頂こう。濡れ衣を着せられながら、我々に的確な指示を与え、この町を正してくださった恩人が、そこにいる」

びしりと指し示された先の牢屋に、観衆から驚きの声が上がる。

役場の者が慌てて鍵を持ってきて、そこを開け放った。

「皆に紹介しよう。彼こそが、若宮殿下の側近にして、その天《あま》つ意思を受け、身分を隠して視察にやって来たこの町の救世者——山内衆《やまうちしゅう》の、澄尾殿だ！」

わあっと、今度こそ盛大な歓声が上がり、神官達が銅鑼や鈴を力の限り鳴らしまくる。

誰かが持ち出した花吹雪が宙を舞う中、なんとも控えめな微笑を浮かべた澄尾が、小さく手を振りながら牢屋から出て来る。

その背後では、彼に濡れ衣を晴らしてもらった美しい青年が、感謝を嚙み締めるように何度も頷きながら、千切れんばかりに手を叩いていた。

こうして、安穏とした観光地である冷泉寺の門前町で起こった事件は、見事な大団円を迎えたのであった。

＊　＊　＊

「よ、救世者」

「澄尾さん、かっこいい！」

あのまま、何故だかお祭り騒ぎとなってしまった人の輪から逃がれ、三人は役場の一室で休んでいた。

なんとか無事に帰れそうで雪哉はホッとしていたが、澄尾はこの感じだと、もうしばらくはこの地に引き止められそうな勢いである。

「嫌だからな、俺！　何が何でも、お前らと一緒に帰るからな」

「頑張れ」

「いいじゃないですか、ちょっとくらいお祭りに付き合ってあげても」

僕らはお先に失礼しますけれども、と凝ってしまった肩をまわしながら言うと、澄尾は恨みがましい目で雪哉を見た。

「恨むからな……」

「お前なあ、確かに、助けてくれて感謝はしてるけどよ。神官達の協力があったからと言っても、何をどうやったら汁麺屋と馬鹿息子にあれだけ上手く吐かせられんだよ……」

何だ、あの怯《おび》えよう。一体何をしたんだ、と嫌そうに言われ、雪哉は心外だった。

「いやだなあ、普通にお願いしただけですけど」

少なくとも、あの馬鹿息子に関しては目に見える範囲で痣《あざ》をつけなかったのだから、うまくやったものだと褒めて欲しいくらいである。

「まあ、何はともあれ、これで一件落着だな」

めでたしめでたし、と若宮が言いかけた――その時だった。

「殿下、殿下、大変です！」

どたばたとした足音と焦った声は、さんざん世話になった冷泉寺の神官のものだ。

「どうした」

「外に、南家当主が来ています」

思わず、耳を疑った。若宮も、流石《さすが》に想定外だったのか、目をぱちぱちと瞬かせている。

「嘘だろう。何が目的で――」

「分かりません。とにかく、澄尾殿をお呼びです」

「俺かよ！」

慌てて身支度を整える澄尾に、若宮は言って聞かせる。

「いいか、澄尾。私は一足先に帰ったということにしろ。これ以上の面倒はごめんだ」

「いや、南領を出た記録がないんだからばれるだろ」

「急用があって、領境の山内衆の検問に向かったと、そういうことにしろ」

「それで誤魔化せられればいいな？」

やけっぱちに言って出て行く澄尾に続き、間違っても向こうから見えない位置に陣取り、雪哉と若宮は聞き耳を立てた。

思わぬ南家当主の到来に、外はお祭り騒ぎに輪をかけ、とんでもない狂乱状態に陥っている。歌やら太鼓やらがじゃんじゃん響く中、南家当主は町役場の屋内に入ることもないまま、車場《くるまば》において供を従え、騎乗した状態で澄尾を待っていた。

「これはこれは、南大臣閣下《なんだいじんかっか》。お目にかかれて光栄です」

私をお呼びでしょうか、と山内衆の名にふさわしい態度でうやうやしく尋ねると、南家当主は一切の感情を悟らせまいと心に決めているかのごとく、どこまでも無感動に澄尾を見下ろした。

「此度《こたび》の一件を小耳に挟んでな。わが領において、何やら面倒をかけたようだな」

南家当主の背後で、泡を吹かんばかりになっている代官をちらりと見て、澄尾は謙虚に首を横に振った。

「いいえ。結果として、代官とこの地の結束が、より強くなった慶事であったかと」

「代官のことはどうでもよい」

ばっさりと切り捨て、南家当主は蛇のような目で澄尾を見た。

「若宮は、いずこに」

「急用があり、山内衆の守る領境の検問を通り、西領へと向かわれました」

「ほう？」

まるっきり信じていない様子で、南家当主は一瞬、その眼差しを澄尾の背後に向けた。

「時に、此度の一件で、そこもとと共に投獄された『墨丸』という名の男なのだが。どうにも、気になる素性の男でな」

――今、どこにいる？

「これはまずいぞ。完全にばれている」

「どうします！」

「このまま逃げよう」

言うが早いか、若宮は地面を這うようにして、その場から離れた。当然、雪哉もそれに倣《なら》うほかにない。

二人は役場を出て、お祭り騒ぎの中に紛れようとしたが、そこにするどい眼差しの男達が何人も紛れ込んでいるのを見つけてぎょっとなった。普通の兵士ならいざ知らず、南家当主の手勢だ。この場を通って離脱するのは不可能に思えた。

となると、彼らに見つからず、その場から離れる道は、ひとつしか残されていない。

役場をはさみ、町とは反対側の人気《ひとけ》のない方向へ。

すなわち、山越えである。

＊　　＊　　＊

「何ですか、これ」

膝を抱えながら雪哉が吐き捨てると、隣にいた若宮は不思議そうな顔で「何が？」と尋ねてきた。

「いや、言わなくても分かるでしょ」

何ですかこれ、と再び呟き、視線を前へと向ける。

視界いっぱいに広がるのは、まだまだ綺麗な緑と、元気よく降りしきる雨の帳《とばり》のみである。

雪哉と若宮は、辛うじて雨の届かない岩のくぼみに、仲良く並んで座っていた。

役場を逃亡してから、丸半日が経った。

結局は、南家当主に言った通り、山を越えて西領を目指すことになってしまった。領境には、山内衆が警戒に当たっている詰め所があるから、とにかくそこを目指すことになったのである。

だが、その道のりは果てしなかった。

何と言っても、若宮の鳥形《ちょうけい》は目立つのだ。

若宮は最初、ある程度役場から離れたら、夜陰に紛れて転身《てんしん》し、雪哉を背中に乗せて詰め所まで飛ぶつもりであった。実際、そうしかけたのであるが、月の出ている夜だったことが災いした。いくらも経たないうちに、南家の者と思しき馬に追いかけられ、あわてて人形《じんけい》に戻る羽目になってしまった。

こうなると、歩いて向かうしかない。

雨が降ってきたので雨宿り出来そうな場所に退避したが、岩に覆いかぶさるように茂った楢《なら》の葉からはしずくが垂れ、跳ねた飛沫《しぶき》によってじわじわと体が濡れていくのがなんとも不快だ。

自分達のほかには誰もいない山の奥である。

道中で木の実をかじり、誤魔化し誤魔化しここまで来たが、夜通し山中を歩いたせいで泥まみれの汗まみれな上、体中は擦《す》り傷だらけで、さっきから腹が鳴って仕方がない。

どこまでも主に従うと言ったその思いに嘘はなかったつもりだが、臣下としての決意を噛み締める間もなく、山越えを強行する羽目になるとは思わなかった。

ちらりと横を見れば、こんな状況を作った当の本人はけろりとした顔をしている。最初こそ、癒えたばかりの傷は大丈夫なのかと心配していたのだが、それすら馬鹿らしくなり、いっそ腹立たしさを覚えるほどのお気楽ぶりである。

「まあ、そう怒るな。怒っても腹は膨れないぞ」

「いや、誰のせいでこうなったと思ってるんですか」

このまま徒歩で山越えを完遂《かんすい》するならば、どれだけ時間が掛かるか分かったものではないのだ。南家当主がさっさと諦めてくれればよいのだが、昨夕《ゆうべ》、執拗に追いかけて来た連中の様子を思えば、そう簡単に済むとも思えなかった。

足元では、小さな露草が一本ひょろりと生え、青く可憐な花をちょこんと咲かせている。

はあぁ、と溜息をつき、雪哉はごつんと已の膝に頭をぶつけた。

「家に帰りたい……母上のおいしいご飯が食べたい……」

「知っているか、雪哉」

「何をですか」

「外界のある地方ではな、虫は、貴重な蛋白源《たんぱくげん》として重宝されているらしい」

雪哉は顔を上げた。

若宮はいつの間にか、木陰で自分達と同じように雨宿りをしている油蟬《あぶらぜみ》を見つめていた。

「……なんでそれを今言うんですか？」

「クロだってたまにおやつとして蟬を食べているだろう？」

クロとは、若宮の愛馬のことである。雪哉の全身に鳥肌が立った。

「いや、だから、なんでそれを今言うの！」

「食えないかな、あれ」

あれ、と指差された先には、今にも食われんとしているなど全く思いも寄らない様子で、呑気に雨宿りする蟬の姿がある。雪哉は悲鳴を上げた。

「あんた、金烏としての尊厳のみならず、八咫烏としての尊厳も自ら捨て去るおつもりですか！」

「我々だって鳥形になるし、馬になった奴らとそう感覚は変わらんだろう」

「いやいやいやいや、変わりますって！」

「香ばしくて、なかなか美味いと聞いた。探せば多分いっぱいいるだろうし、腹の足しにはなるのではないか？」

「腹減ったのは分かりますから、お願いだから正気に戻ってください！　外界だって、せめて火は通すでしょ？」

「どうだったかな。生でもいけるんじゃなかったかな」

「ニンゲンやべえな……」

思わずわが身を抱きしめた雪哉を尻目に、若宮はしゅっと、目にも留まらぬ速さで手を伸ばした。

そして、唖然とするほどあっけなく、蟬は若宮の手の中におさまってしまった。

思わず顔を見合わせる。

若宮自身、容易に捕まえてしまったことに、びっくりした顔をしていた。

「とれた……」

「とれちゃいましたね……」

つい相槌《あいづち》を打ってしまったが、さっきから冷や汗が止まらない。

若宮は、じっと蟬を見つめている。

「え、まさか……？　え、やめましょうよ。まさか本気じゃないんでしょ？」

頼みますから、とほとんど叫んでいる雪哉を無視し、「いけるか」と呟くと、若宮はおもむろに口へと蟬を運んだ。

「うわあああ！」

――とても見ていられなかった。

「分かりましたよもう！　僕が試せばいいんでしょ！」

こんな馬鹿なことで、腹でも壊されたらたまらない。仮にも忠誠を誓った相手に毒見をさせるわけにはいかないのだ。

悲愴な覚悟で手を伸ばすと、「あ、そう？」と若宮はなんの躊躇《ちゅうちょ》もなく蟬を差し出してきた。

尋常でなく震える指で蟬を受け取り、ゆっくりと口へと運ぶ。

その数秒は雪哉にとって、今まで生きてきた中で、最も長い数秒となった。

一体、どうしてこんなことになったのだろう。

別段、虫を苦手だと思ったことはない。眉ひとつ動かさずに害虫は駆除できるし、幼い頃は虫取りだっていっぱいした。蟬には何の恨みもないのだ。むしろ、死に掛けの蟬を兄や弟の着物の中に突っ込んで、自分だけ大笑いしたことはあったが——まさかあれのバチが今更あたったとでもいうのだろうか。

母に厳しくしつけられたから、特に苦手な食べ物もなかった。イナゴの佃煮や蜂の子だって食べられる。

でも、流石に、生きている蟬は何か違うと思うのだ！

口の中に、とうとう蟬が入った。

隣で若宮が早くしろと言わんばかりにこちらを見ている。いつまでも躊躇《ためら》っていることは出来ない。

思い切って歯を立てようとした、その瞬間だった。

ジジジジジジ、と、それまで大人しくしていた蟬が、ようやく命の危険を感じてか、がむしゃらに羽ばたき始めた。

——抵抗が遅えよ！

せめて口に入る前に暴れて欲しかったし、今抵抗するのなら若宮の手に捕まった時点で全力を尽くし、逃げて欲しかった。

だが、もう遅い。

「ウェッ」

ばたつく羽ごと必死で嚙み砕くも、どれだけ控えめに言っても、最悪の気分であった。

地獄の泥の方がまだましだと思える喉越しに、何度もえずき、吐き出したいという思いと戦い、半分泣きながら嚥下《えんげ》する。

「うまいか？」

興味津々に訊いてくる若宮を、雪哉は口を手で押さえながら、涙目で睨みつける。

「生ぐさくて、クソまずい……」

「そうか。駄目だったか」

じゃあ、よしておくか、と残念そうに言ってから、ふと、若宮はこちらを見て首を傾げた。

「雪哉。お前、蟬の足が唇にぶら下がっているぞ」

雪哉は、迷わず若宮へと殴りかかった。

＊　＊　＊

一度中央に戻った澄尾が引き連れて来た山内衆によって二人が保護されたのは、その日の夜のことであった。

若宮は腹を空かせている他に何も変化はなかったが、雪哉はまるで地獄でも見てきたかのように、いっぱしの兵《つわもの》の顔になっていたとは、彼らを招陽宮で出迎えた浜木綿の言である。

わらうひと

「姉上。何かあったのですか」

こちらの顔を見るや否や素っ頓狂な声を上げた弟に、真赭《まそほ》の薄《すすき》は盛大に顔をしかめた。

現在、真赭の薄は浜木綿《はまゆう》の女房として紫苑寺《しおんじ》に住んでいる。

猿の凌雲宮《りょううんぐう》襲撃より、およそ半年が経っていた。

勝利に終わったとはいえ、八咫烏《やたがらす》の中にも犠牲は出た。

戦闘によって命を落とした武人もいれば、逃げ遅れて猿の手にかかってしまった里《さと》烏《がらす》もいる。長らく平安の時代を生きてきた一族の民心に負った傷は大きく、戦いの直後は猿に対する恨みばかりが募っていたが、今になり、ようやく犠牲者を純粋に悼《いた》むことが出来る空気になってきたように思う。

凌雲宮の一部分は焼け、戦いの爪痕は各所に色濃く残っており、戦いが終結した直後は、その修繕に掛かりきりになっていた。だが、最近では避難していた人々が中央城下に戻り、本格的に復興の緒に就きだした感がある。

そんな中、これまで山内《やまうち》の頂点に立っていた金烏代《きんうだい》、捺美彦《なつみひこ》が突然出家した。

正式に譲位が決まった今になり、どうして急いで落飾《らくしょく》しなければならなかったのか、その理由は判然としない。だがそれにより、正式な即位儀礼を前にして日嗣《ひつぎ》の御子《みこ》奈月彦《なづきひこ》は金烏として即位したことになり、その正室、桜《さくら》の君《きみ》浜木綿は皇后として遇されることになった。

めでたいことに、浜木綿はこれから出産を控えている。

本来であれば、後宮の御生所《みあれどころ》において何十人もの女官達に囲まれて挑むはずの卵誕《らんたん》であるが、現在、浜木綿は紫苑寺の母屋の一室を産屋《うぶや》代わりにして、鳥形《ちょうけい》のまま閉じこもっていた。

表向き、後宮に入らない理由は宮中の復興を優先させたということになっているが、その内実は、後宮の掌握が遅れているためであった。

捺美彦の譲位を受け、前の皇后、大紫《おおむらさき》の御前《おまえ》も後宮を退いたが、彼女はその際、女屋敷全般の運営引継ぎや近衛たる藤宮連《ふじみやれん》の指揮権継承などを、一切行わなかったのである。

本来、新皇后の一番の後ろ盾となるべき立場としてあるまじき行為であるが、もとより、朝廷の反対の声を押し切って入内《じゅだい》した浜木綿への風当たりは厳しい。未だ前の皇后《さき》の影響が強い後宮にのこのこ入れば、明日をも知れぬ命なのは言うまでもなく、やむなく紫苑寺に居続けることになったのだった。

しかし、もうすぐ産み月という今になってみると、むしろこの方が良かったかもしれないと真赭の薄は思うようになっていた。

何せ、周囲にいるのは気心の知れた女房や護衛達ばかりなのである。

浜木綿にとっては変な重圧もなく、すでに二年もの間ここに住み続けているためか、豪華なばかりの藤花宮《とうかぐう》などよりもよほど居心地は良さそうだった。

新たな今上陛下《きんじょう》も時間を見つけては浜木綿に会いに来てくれるし、本人が足を運べない時も、まめに使いをよこしてくれるので、不満に思うことは何もない。

弟の明留《あける》は側近として、西家《さいけ》の朝宅《ちょうたく》から出仕する形で今上陛下に仕えるようになっていた。そして今日、自室でおくるみを縫っていた真赭の薄を訪ねて来た明留は、珍獣にでも出くわしたかのような顔でおずおずと正面に腰を下ろしたのだった。

「何か、と言えるほどの何かがあったわけではありません」

つんとすまして言ってやると、「はあ」と気の抜けた相槌《あいづち》を打たれる。

真赭の薄は、荒っぽく縫いかけのおくるみを脇に置いた。

「だから、怒っているのです……！」

今より三日前、真赭の薄のもとに、一人の男が訪ねて来た。

産屋にこもった浜木綿に食事を届けた後、昼までの間は自分の休憩時間ということにしている。今日のように、自室で縫い物をしていた真赭の薄は、濡れ縁から外を眺めていた。

薬草畑に囲まれた紫苑寺の空気は百花の匂いに浮き立ち、濡れ縁から吹き込む風には、命の息吹が色濃い。ちょうど杏《あんず》の花が見頃を迎えており、春の女神の吐息が丸まったかのような薄紅色の花に、庭先は明るく見えるほどであった。

産屋に一枝でも持って行ってあげようかしら、と考えていると、ふと、若い光を受けた花びらがちらちらと光りながら降り注ぐ中を、黒い人影がやって来ることに気がついた。

ここを守る、山内衆《やまうちしゅう》の腕は確かだ。

信用出来る者しか入れていないはずなのだが、黒い影はひょこひょこと、足を引きずるような不審な動きをしていた。

わずかに警戒して見ている最中、ふと上げられたその顔に、真赭の薄はあっと声を上げた。

「あなた――」

「やあ、姫さん」

お久しぶりです、と白い歯を見せて笑ったのは、山神《やまがみ》の呪いを受けて左手足を失った、元山内衆の澄尾《すみお》であった。

立ちっぱなしは負担になるだろうと、慌てて濡れ縁に座らせる。

近くで見れば、顔の半分以上を濃い桃色の火傷痕《やけどあと》が覆い、元の人相も判然としないほど様変わりしてしまっていたが、その表情は記憶にある辛気《しんき》臭《くさ》さが嘘のように消え、随分とからりとして見えた。

「まさか、自分で歩いて来たの。それに、手！」

驚きのあまり言葉がたどたどしくなった真赭の薄に、澄尾は声を立てて笑った。

「義手と義足です。あんたんとこの西家は、腕のいい職人がいっぱいいるんですから、そんな驚かないで下さいよ」

何も、真赭の薄は義手と義足に目を剝いたわけではない。

驚くべきは、その回復の速さであった。

紫苑寺の敷地内には、貧しくて医《くすし》にかかれない怪我人や病人、大地震で親類や家をなくし、行き場を失った老人などに開放された棟がある。真赭の薄は毎日彼らのもとに通い、そこで働く医の手伝いをするようにしていた。

そこで医には、義足で歩けるようになるには、相当な年月が掛かるものだと聞いていたのだ。

だが、足に加えて、腕も同時に失ったはずの澄尾はまだ一年も経っていないのに、平然とした顔でここまでやって来た。

それを言うと、澄尾は誇るでもなく、当然とばかりに頷《うなず》いた。

「俺はもともと武人ですからね。一般の八咫烏より体は丈夫なんでしょう」

「そういうものなの……？」

「それに、俺だってこうやって歩けるようになったのは、つい最近ですよ」

自分ひとりで歩けるようになって、最初にここに来たんで、と。

つと、真剣な調子になって言われ、真赭の薄は目を見開いた。

澄尾は濡れ縁に腰掛けたまま、目の前で棒立ちになる真赭の薄に対し、可能な限り深く頭を下げた。

「その節は、本当にありがとうございました。あなたに命を救われ、ご覧の通り、なんとか一人で生活出来るまでに回復しました」

いくら感謝しても足りません、と真摯《しんし》に言われ、真赭の薄は頷き、淡々と返した。

「喜ばしいこと。でも、別にお礼を言われるようなことをしたつもりはなくてよ。あなたと同じですわ」

自分に出来ることをしたまでです、と続けると、そうですね、と、これまた淡々と返される。

「でも、一言お礼を申し上げたかった。そんで、それとは全く別件でもうひとつ、聞いて頂きたいことがあります」

その瞬間、真赭の薄は「とうとうこの日が来たか」と思った。

澄尾はこちらをまっすぐに見据えると、真赭の薄殿、と躊躇《ためら》いなく口を開く。

「俺は、あなたのことを一人の女性として、好いています」

――おおげさでもなんでもない、静かな恋情の告白だった。

真赭の薄は、こちらにはっきりとした視線を寄越す男を、怯《ひる》むことなく見返した。

澄尾の気持ちは知っていたし、それに対し、自分はどうするべきかもよくよく考えて決めていた。それだけの時間が自分には用意されていたのだから、誠心誠意、きちんと答えるべきだと思った。

「ありがとうございます。でも」

きっぱりと、いささかの誤解も生じる隙がないように言い切る。

「その気持ちに、お応えすることは出来ません」

自分は、澄尾を男として意識しているわけではない。

もとより、出家した身だ。そう簡単に還俗《げんぞく》する気もなかったし、冷静に考えて、自分にそうさせるだけのものを、澄尾が持っているとは思えなかった。

ただ、慕《した》ってくれたという事実は、純粋に嬉しい。これからも金烏夫婦を支える同志として仲良く出来たらよいと思っている。

そう続けようとした真赭の薄に対し、しかし、思いがけない一言が返された。

「ああ、別に構わねえよ」

どこか晴れ晴れとした顔で、澄尾はけろりと言ってのけたのだった。そして、勢いをつけて立ち上がると、「じゃあまた」ともう用は済んだとばかりに、とっとと帰ってしまったのだ。

その後ろ姿を、呆然と見送ったのは真赭の薄である。

構わねえよ。

――かまわねえよ？

「なんですの、『構わねえよ』って！」

今になって怒りがこみ上げてきて、真赭の薄はいらいらと畳を指先で叩いた。びくりと明留の肩が震えたが、構いはしない。

「わたくしの返答がどうでもいいなら、そもそも言う必要はなかったのではなくて？何がしたいのか全く意味が分かりませんわ」

端的に言って、ふざけている。心底よく分からない男だ。どれだけこちらが頭を悩ませたと思っているのだ、と真赭の薄は怒りが収まらずに言い立てた。

「誠意をこめて返答したこちらが馬鹿みたいですわ！」

怒り狂う姉を前にして、明留はおずおずと口を挟んだ。

「いえ。でもほら、男には面倒くさい矜持《きょうじ》というものがありましてですね。澄尾さんも、強がっていたのではないでしょうか？」

「賭けてもいいですけど、あれは、本気でどうでもいいと思っていた反応でしたわ」

真赭の薄は憎々しく笑った。

「でも、あの、追いすがられても困るではないですか。澄尾さんからすると、そう言うほかにないわけですし」

「それにしたって、言い方ってものがあるのではなくて！」

あちらが何も言ってこないならば、ずっとこの関係が続くだけだ。何か言ってくるということは、すなわちこの関係が、多かれ少なかれ変わるということである。

それだけの変化に臨む覚悟があるはずだと思ったのだ。

「だからこそ、わたくしは真剣に応えなければならないと思ったのです。彼がやって来たときには覚悟を決めましたし、曖昧《あいまい》にすることなく、きちんとこちらも彼の気持ちに向き合おうと決めていたのです」

それなのに。

「まさか、茶屋で菓子を切らしていると聞いた時と同じような反応をされるとは思いませんでしたわ……！」

その程度の気持ちだったのなら、それに振り回された自分は自意識過剰の単なる馬鹿である。心底がっかりだ、と真赭の薄が憤然と嘆息すると、明留はその剣幕に圧倒された様子で視線を彷徨《さまよ》わせた。

「そういった女性の心の機微は、なかなか男には分かりにくいものです」

まさか庇《かば》い立てするつもりかと睨むと、「そうではなく！」と明留は悲鳴を上げた。

「実は、今日は陛下のお使いではなく、個人的に姉上にお願いしたいことがあって参ったのです！　どうしても、我々男には理解が及ばぬ話がありまして」

思いがけぬ話に、真赭の薄は小さく口を開けた。

「女性って……どなたの話？」

「結《ゆい》のことです」

勁草院《けいそういん》時代は弟の同輩であり、現在は山内衆として金烏の身辺警護の任についている千早《ちはや》の妹御だ。盲目の身であり、今は西家で預かっているはずである。

彼女がどうかしたのかと見返すと、明留はほとほと困りきったように溜息をついた。

「実は先日、千早と、結の間でとんでもない兄妹喧嘩が勃発《ぼっぱつ》しまして……私が仲裁に入っても、全く解決しそうにないのです。特に結の意思が強固で、このままだと、彼女は出て行ってしまうかもしれません」

＊　＊　＊

明留の来訪があった翌日、真赭の薄は西家の朝宅にやって来た。

母屋から、使用人らが寝起きする棟へ向かって歩くと、段々と様子が変わってくる。

母屋の周囲はきっちりと手入れが行き届いているが、この辺りまで来ると、道の両脇には名前も知らない草が、清水が湧き出すように繁茂している。地面には薄布を広げたように青い花が開き、その隙間を埋めるようにして、濃い赤紫や黄色、けぶるような白い小花が咲いているのだ。

昔は雑草と呼んで疎《うと》んでいたが、近くで見ると、これはこれでとても美しいものである。

ひらひらと蝶が飛ぶ中を、足元に目を落としながら進むにつれ、琵琶《びわ》の音が聞こえてきた。

盲目である結は、普段は出来る範囲で西家の家事手伝いをしているが、時間を見つけては西家お抱えの楽士のもとを訪ねて琵琶を習っていると聞く。

結の手によるものかと耳を澄ましているうちに、真赭の薄は「おや」と思う。

かつて望み得る限りの教育を受けた身として、これでも、宮廷音楽についても一通りのことは学んでいたつもりだった。だがこの曲は、系統からして初めて耳にするものである。

どことなくもの悲しくありながら、妙に拍子が早く、響きに琵琶らしからぬ軽みがある。

琵琶の音につられるようにして裏手に回れば、雨戸を開け放した一室で、結が熱心に琵琶を弾いていた。谷間《たにあい》で暮らしていた頃はよく唄っていたらしいが、今は小さな唇を閉ざしたまま、ひたすら撥《ばち》を動かしている。

曲が一段落するまで待つつもりだったのだが、こちらの気配を感じたのか、結は途中ではたと手を止め、顔を上げた。

「……もしや、真緒の薄さまでいらっしゃいますか？」

「ええ、そうよ」

「すみません！　もう少し遅くにいらっしゃると思っていたもので」

「気になさらないで。わたくしが早く着き過ぎたの」

近付きながら、面白い曲ねと言って笑いかけると、なぜか結は気まずそうな顔になった。

「外唄《そとうた》といって、外界の曲なんです」

それから結は、琵琶をそっと傍らに置いて半身を開き、礼儀正しく頭を下げた。

「出迎えもせず、申し訳ございませんでした。どうぞお入り下さい」

そうして足を踏み入れた結の部屋は、完璧に掃除、整頓がされていた。

あるべき場所に物がないと生活に苦労するということもあるのだろうが、それにしたって物が少なく、私物を包んでいると思しき小さな包みが置かれているのを見れば、色々と察しもつこうというものだ。

慣れた動作で茶を淹れる結は、随分と大人びて見えた。

以前に会ったのは、明留に千早と結を紹介された時のことだから、もう五、六年前になるのだろうか。小柄で、いかにもいとけない少女といった風情だったかつてと比べれば、細身ではあるが、大人の女性になったのだと感慨深い。

出会った当時、明留は千早と結に対し、西家の持ち家の一つを貸し与えるつもりだったらしい。だが、それを聞いた真赭の薄が「それはどうかしら」と待ったをかけたのだ。

千早が山内衆になろうとしている以上、かなりの時間、結は一人で過ごすことになってしまうし、結の年頃を考えれば、これから男には分からないことも出てくるだろう。それならば、西家の女達と一緒に暮らし、出来る仕事はさせたほうが彼女のためにもいいのではないか、と言ったのだ。

それを聞いた明留は顔色を失くし、何故か慌てた様子で「そんなことしなくていい」と言い募ったのだが、千早が何かを言う前に、結自身が「それがいいです」と叫んだのだ。

「兄さんがいない間、ずっと一人は辛いものがあります。西家の人が許してくれるなら、あたしはその方がありがたいです」

今では、千早は普段、山内衆の宿舎で暮らし、休日には結の部屋にやって来るという形に落ち着いている。

真赭の薄としては、軽く助言をしただけのつもりだったのだが、結はその一件を思いのほか恩に感じていたようで、以来、季節ごとにささやかな挨拶の品を寄越すようになった。

人伝《ひとづて》に聞く、西家での結の評判は上々である。目が見えないという制約はあるものの、真面目で気が利き、問題となる行動ひとつ起こさない、今時珍しいくらいの良い子である、と。

ところがだ。

最近になり、何を思ったのか、結が周囲の者に黙って、谷間に行っていたことが明らかになった。

谷間は、朝廷の支配下から零《こぼ》れ落ちた荒くれ者達が巣くい、他に行き場のなくなった女達が大勢体を売っている無法地帯だ。結がかつて身売りされかけたのも谷間であり、そこから救い出すために、千早は相当な苦労をしたと聞いている。

　当然、結が自分からそこに足を踏み入れていると知った千早は激怒した。

　明留は当初、これは明らかに結が悪い、彼女が謝って終わりになるだろうと、事態を甘く見ていたらしい。それが見込み違いだったと気付いた頃には、もはや手遅れになっていた。

　結は普段大人しく、非常に温厚な性格をしているが、その分、彼女の中の一線を越えた途端、驚くほど頑固になった。謝るどころか、すさまじい剣幕で兄に食って掛かり、西家を出ると言って聞かなくなってしまったのだ。

　叱りつける側だったはずの千早は慌てて宥《なだ》める側に回り、必死に止めようとしたが、結は一切耳を貸そうとしなかった。明留や、西家で親しくしていた者達の説得にも全く応じようとしない。

　大いに動揺した明留は、最後の手段として真赭の薄に助けを求めたのだった。

　こうして室内を見るだけでも、結が本気でここを出て行くつもりらしいということは伝わってきた。

　何を言われるのかと、身構えている結を前にして、真赭の薄は意識して優しい声をかけた。

「勘違いなさらないでね。何もわたくしは、無理やりあなたを従わせようと思って来たわけではなくてよ。ある程度の話は弟から聞いているのだけど、全然、あなたが何を考えているかが伝わってこないのですもの」

そもそも、何を思って谷間に行ったのかも分からないのだから、まずは、あなたの話を聞かせてくれないかしらと言うと、結は強張った顔のまま頷いた。

「ほかならぬ真赭の薄さまにだったら、お話しいたします。私……そもそも、谷間を出たくなどなかったのです」

ひるひると、外で雲雀《ひばり》が囀《さえず》っている。

真赭の薄はゆっくりと瞬き、湯のみを握る手に力をこめた。

「……もともと、西家に来たくなかったということ？」

どうか誤解なさらないでくださいませ、と結は慌てたように言ってから、一瞬、きゅっと唇を噛んだ。

「西家の皆さまには、大変よくして頂きました。本当に、これ以上望めないくらい。そのことに関しては、心から感謝しております。それでも、来たくなかったか、と訊かれれば、私はハイと答えざるを得ません」

結の返答は淀みなかった。

「分からないわ……。ここで働くよりも、遊女宿の方が良かったということなの？」

困惑のまま呟けば、結は小さく笑った。

「宮烏《みやがらす》の皆さまからすれば、谷間がとんでもない場所に見えるのは分かっています。でも、あそこにはあそこの規則があり、それに則《のっと》っている限り、むしろ、中央城下よりもあちらの方が、弱き者に優しいところがあるんです」

荒くれ者だけというわけではなく、どうにもならない事情があってやって来た流れ者や、まっとうな社会では居場所のない弱者達の吹き溜まりとして、谷間には独特の規律があるのだという。

谷間に流れ着いたほかに行き場のない娘達は、まずは遊女見習いとしての教育を受ける。その中でも特に見所のある者は置屋《おきや》へと引き取られ、ゆくゆくは中央花街《ちゅうおうはなまち》において活躍することになるのだ。うまくすれば裕福な客に落籍《ひか》されるし、そのまま引退を迎えたとしても、見習い達に対し教育をほどこす師匠としての立場が与えられる。

中央花街に行けず、女郎になった女達も、谷間の男達からは身内として見られ、親分衆のお膝下で庇護されることになるのだ。

「兄は少し、置屋と女郎宿を混同しているところがあります。勿論、他に道がなければ私も女郎になっていたかもしれませんが、以前いた置屋では、私は唄い手としての素質が見込まれていました」

その言葉に、真赭の薄は眉根を寄せた。

「琵琶を続けたいなら、ここでも出来るのではなくて？」

だが、結は厳しい面差しのまま、はっきりと首を横に振ったのだった。

「いいえ、真赭の薄さま。手慰みならともかく、それでは、身を立てることは出来ません」

宮廷音楽は、他に名手がいくらでもいる。それに、いくら練習し、誰よりもうまく演奏することが出来たところで、自分は永遠に宮廷の楽人にはなれないと結は淡々と言う。

「なぜなら、私の体には明らかな欠陥があるからです」

真赭の薄は息を呑んだが、結はそれには構わず話し続ける。

「兄は武人です。そんな事態など考えたくはありませんが、いつか、後の生活に支障の残るような大きな怪我を負うかもしれません。そうなってしまった時、兄の恩給を頼りに、二人で生きていけるでしょうか？　その時になって慌てても、すぐに身を助ける術など見つかりません」

今は西家に憐《あわ》れまれ、世話になっているけれど、それがいつまで続くかは西家の人々の胸一つだ。もし、見捨てられた時、誰も助けてくれはしない。だが、芸はいつだって、身を助けてくれる。

「私は、他の方のようには目が見えませんが、だからと言って自分が人として、他の方より劣っていると思ったことはありません。自分に出来ることがあるのに、それをせずにただ他人の好意に甘えているのでは、詐欺を働くのと同じです」

少なくとも、私にとってはそうなのです、と結は切々と訴える。

「先ほど私が演奏していた外唄ですが、真赭の薄さまがお聞きになったことがないのは当然です。あれは、花街の遊女の間で発展したものなのです。宮烏の方から、下品で低俗な唄だと言われたこともありますが、私は外唄が大好きですし、外唄でなら、ご飯を食べていく自信もあります」

だからこそ、暇を見つけてはわざわざ谷間に教えを乞いに行っていたのだ。

「あそこで、私を憐れむ人はいません」

居心地がいいのですと言い切って、結はにこりと笑った。

「でも、兄はそれを分かってくれません。あそこは危険だ、お前を女郎にはさせないと、そればかりで」

そして、あんな大喧嘩となってしまった。

「……でも、お兄様の立場からすると、それは仕方ありませんわ」

真赭の薄は、今言われたことを考えながら、慎重に口を開いた。

「あなたがどうこうというわけではなく、それは妹を持つ兄として、当然の心配ですもの」

「確かに、そうかもしれません」

でも、いつまでも兄の世話になっているわけにもいきませんし、と結は困ったように言う。

「今後、兄がお嫁さんを貰うかもしれません。そうしたら、私と兄は血が繋がっているわけでもないのですから、お嫁さんとしては中々割り切れるものでもないでしょう。私だって、いちいち気を使うのは嫌です」

──一瞬、何を言われたか分からなかった。

「それは」

弟からは、千早と結の間に血縁関係がないことを、彼女自身は知らないと聞かされていた。

言葉に詰まった真赭の薄に、結は茶目っ気たっぷりに微笑んで見せた。

「目が見えないからと言って、耳が聞こえなくなるわけでも、頭の働きが鈍くなるわけでもありませんからね」

「呆れた……。いつから知っていたの」

「噂する人はたくさんいましたから、それこそ、物心ついた時からです。でも、小さい頃は特に気にしませんでした。支障が出始めたのは、最近のことです」

戸籍関係のやりとりがあったことで、必然的に、西家には事情を知っている者が多い。おおっぴらではないが、おかしな勘繰りを受けることもあるのだという。

「勘違いして頂きたくないのですが、私も兄も、本当にそういう気持ちは一切ないんですよ。今更兄妹以外になれと言われても、ちょっと……。でも、兄はいつまで経ってもあんな感じでしょう?」

　そう言われて、真赭の薄は返答に困った。

　自分が知るだけでも、確かに、千早は結に対して心配性の節《ふし》がある。そのくせ、普段は無口でぶっきらぼうなものだから、結の特別扱いがやたらと目立って見えるのだ。

　このままでは、兄にいい人など出来るわけがない。

「それに、この際ですから言っちゃいますけど――」

　ぐっと両のこぶしに力を込め、結は堪えきれなくなったように声を大きくした。

「私だって、恋のひとつもしたいんです!」

　頬を真っ赤にしながらの力説に、真赭の薄は思わず笑ってしまった。

「そうよね。年頃の女の子ですものね」

　自分が結と同じ年頃だった時のことを思い出せば、何とも微笑ましく感じられて仕方がない。

　理解してもらったことに力を得たのか、結の表情がパッと明るくなった。

「本当は、谷間からこちらに移された時にも思っていたんです。兄が私のためを思って色々頑張ってくれていたのは分かっていたので、あの時はどうしても言えなくて……。でも、もういい加減、兄離れ、妹離れをするべきです」

　確かに、千早にとっても、結にとっても、このままは良くないのだろう。

結は、兄妹喧嘩の勢いで意地を張っていたのではなく、覚悟の上で切り出したのだ。

そこまで考えているのなら、真赭の薄に反対する理由は何もない。弟には、結を説得してくれと頼まれたが、説得すべき八咫烏《にんげん》は他にいるようだ。

「あなたの気持ち、よく分かりましたわ」

見えないとは分かっていたが、真赭の薄は結に向かって優しく微笑んだ。

「わたくしは、全面的にあなたに協力します」

「本当ですか！」

「ただし、身を寄せる場所のことは、一緒に考えさせてくれないかしら」

西家が後ろ盾になっている花街の楼閣はあるし、地下街の有力者につながりのある顔ぶれに、思い当たる節がないわけではない。彼らに頼み、谷間が結の言っている通りの場所かの確認をしてもらい、生活が軌道に乗るまでの間、最低限の手伝いだけはさせてもらおうと思った。

「そういったお節介がむしろあなたの足を引っ張るということであれば、何もしないと約束するわ。でも、あなたとここまで関わったわたくしの気持ちの問題として、それだけは許して欲しいの。それで問題がないと分かったら、わたくしからあなたのお兄様に口添えいたしますわ」

「願ってもないことです」

ありがとうございますと、結は心底安堵した様子で、深々と頭を下げた。

「本当に、このご恩をどうお返ししたらよいのやら……」

「では、あなたが得意だという外唄を聞かせてちょうだい」

よろしいのですか、と結はぽかんと口を開いた。

西家に来てからというもの、はしたないと言われると思い、おおっぴらに唄うことは控えていたらしい。

構わないわと告げると、目に見えて顔を輝かせ、結は琵琶を手に取った。

「今から百年よりもっと前に入ってきて、花街で流行《はや》ったものなんだそうです。最近は、外界の文化は全然入ってこないですけれど、昔はもっと自由だったそうで」

ざらりと琵琶を弾き、手馴れた動作で音を調節しながら結は語る。

「外唄には、恋の唄がとっても多いんです。大好きな曲がいくつもあって……私も、一度でいいから、そういう経験がしたいなって、ついつい思ってしまいます」

そう言ってから、結はふと姿勢を正し、深く深く息を吐いた。

数瞬の緊迫した静けさの後――ついさっきまで話していた時とは全く違う声で、結は朗々と唄いだした。

きんとした透明感があるのに、一本筋の通った声が、春の空気の中にすんなりと伸びていく。

伸びやかな、美しい声だ。

切ない恋心を訴える唄は、確かになんともあからさまで、だからこそまっすぐに胸を打った。

それは、宮廷の音楽とは全く違った節回しであり、真赭の薄にとって耳慣れないものであったが、どこか懐かしく感じられるものであった。

＊　＊　＊

早々に、谷間における結の預かり先の手配をした真赭の薄は、善は急げとばかりに千早のもとへと押しかけた。

山内衆の詰め所である。

大きな待機所には仮眠や食事を取れる場所があり、その外には厩《うまや》や武器庫、訓練場が広がっている。整然と並んだ長屋には各人に与えられた自室があると聞いていたが、真赭の薄が通されたのは、待機所で一番大きな部屋だった。

皇后付きの女房が訪ねて来たとあって、一時詰め所は騒然とし、仕事明けの千早が戻って来るまでの間、代わる代わる違う山内衆がお茶汲みにやって来た。ようやく顔を見せた千早は、五回目のお茶を淹れに来た同輩を蹴り出すようにして追い払ったのだった。

誤解を受けないようにと、戸口も縁側も開けたままであるが、さっきから庭先を同じ山内衆が行ったり来たりしているように見える。なんとも落ち着かない状況ではあるが、真赭の薄はなるべく気にせずに結の件を持ち出した。

千早の心配は分かるが、結の言い分はもっともであるということ。

谷間において、身の安全は確保しつつ、しっかり外唄の師匠のもとへ通える預かり先を用意したということ。

真赭の薄自身は完全に結の味方であり、何かあれば、これからも必ず相談に乗るということ。

「妹さんは、とてもしっかりした方ではないの。もう子どもではないのですから、信用して差しあげたらいかが？」

言い含めるように懇々《こんこん》と諭せば、無言のまま頭を抱えていた千早も、とうとう折れざるを得ないようであった。

おそらく、こんなはずではなかったと思っているのだろう。

弟に「結の味方をする」と告げた時も同じような顔をしていたので、無言のうちに何を考えているのかは大体察しがつく。苦渋が滲《にじ》み、納得したとは言いがたい顔をしていたが、それでも最終的には、結が西家を出ることを認めたのだった。

「……これからも、妹を気にかけてやってもらえますか」

仏頂面の下に、兄としてまっとうな心配を見て取り、真赭の薄は迷わず頷いた。

「ええ、勿論ですわ」

もとよりその覚悟であると胸を張れば、諦めたように大きくため息をつき、千早は立ち上がった。

「厩まで送ろう」

「あら、ありがとう」

ぶっきらぼうで無口ではあるが、妹と長く一緒に暮らしていたせいか、千早は意外と、こまごまとした気が利くのだった。本人がその気になりさえすれば、妻となる八咫烏も意外と早く見つかるのではないだろうか。

千早の後について歩きながら身近にいい娘がいなかっただろうかと女房達の顔を思い浮かべているうちに、演習場の横を通りがかった。

真赭の薄達が歩む透廊《すきろう》からは、練習に励む者達の姿を広々と見渡すことができた。断崖がむき出しになっているところに、いくつもの的が並んでいる。流鏑馬《やぶさめ》の練習なのだろう。何人もの男達が大烏《うま》に騎乗した状態で、幾度も的の前を通り過ぎていく。

よく見れば、馬を駆る者達は、まだ少年と言うべきあどけない顔つきをしていた。

「あれは、もしかして院生？」

真赭の薄の視線を追った千早は、ぶっきらぼうに答えた。

「たまに来る」

勁草院が休みの日に、山内衆の先達《せんだつ》に指導を乞いにやって来るらしい。それに、こちらの演習場の方が空いているので、先輩に憚《はばか》った下級生はこちらにやって来ることが多いのだという。

「体起こすの早いぞ！　何度も言わせんな」

聞き慣れた声が響き、真赭の薄はぎょっとなった。

声のした方を見れば、床机《しょうぎ》に腰掛けた男が、飛んでいる院生達に対し熱心に檄《げき》を飛ばしているところであった。

澄尾である。

まさかここで見るとは思わなかった姿に、自然と眉間に皺《しわ》が寄るのが自分でも分かる。

「――あの人は、誰よりも上手かった」

弾かれたように顔を向けると、彼はじっと真赭の薄を見つめていた。

「上手いって、何が？」

「流鏑馬だ」

雪哉《ゆきや》よりもな、と表情を変えないまま、千早は視線を澄尾の方へと向ける。

「それだけじゃなく、色々な意味で、奴より遥かにまともだと思うが？」

千早が何を言いたいのか分からず、真赭の薄はしばし返答に困った。

「あれ、千早さんじゃないですか」

唐突に、明るく邪気のない声が響く。どうやら、院生の一人がこちらに気付いたらしく、澄尾のそばで何やら指導を受けていた演習場の少年達が、一斉にこちらを振り返った。

当然、つられた澄尾も真赭の薄に気付き、わずかに目を見開く。

院生達は声をそろえて「こんちはー！」と挨拶すると、こちらに駆け寄って来た。

「そのひと誰っすか」

「千早さんの彼女？」

すっごい美人、とはしゃがれて、思わず苦笑してしまう。今更調子に乗るわけではないが、他意なく褒められて、決して悪い気はしなかった。

散れ、と面倒くさそうに手を振った千早に、遅れて立ち上がった澄尾が近付いて来た。

「真赭殿がいらっしゃるとは珍しい。これから何かあるので？」

「もう終わりましたわ」

あとは帰るだけです、と我ながら刺々《とげとげ》しい言い方で返す。そうか、と頭を掻いてから、澄尾は無言になってしまう。少年達は、何事かと目をぱちくりさせて二人を見比べている。

重苦しい沈黙から逃げるように、澄尾は白々しく千早へと水を向けた。

「千早。このあと暇だって言うなら、院生に見本を見せてやってくれないか」

このおひとをお送りした後でいいから、と言われた千早はしかし、素直にうんとは言わなかった。

「話があるのでは？」

「は」

「こいつらは引き受けるんで」

では、と素っ気無く会釈すると、千早は廊下から地面へ飛び下りた。そのまま、あのひと誰、とやいのやいの騒ぐ院生達の頭を容赦なく引っ叩き、半ば引きずるようにして離れて行く。

厩まで送ってくれるという話は何だったのか。まさかの裏切りに呆然となる。

思いがけず二人で取り残され、なんとも気まずい沈黙が落ちた。

あいつめ、と澄尾は千早に小さく毒づき、困った顔でこちらを見る。その窺《うかが》うような視線には、どうにもいらいらさせられた。

「何か、わたくしに話が？」

「ああ、うん。そのうち、こっちから訪ねて行こうと思っていたんですが……この後、時間ありますか」

いちいち詰め所に戻るのも馬鹿らしく、長居をする気もなかったので、そのまま真赭の薄は澄尾と厩へ向かった。

真赭の薄の愛馬は、実家から贈られた立派な牡馬である。

近頃、同じ八咫烏ながら家畜扱いされる馬については色々と思うところが出てきてはいたが、流星号《りゅうせいごう》と名付けられた彼は、真赭の薄にとてもよく懐《なつ》いているので、今更手放すことも出来ずにずっと手元に置いている。

今も、帰ってきた真赭の薄を見てすぐに立ち上がってくれたのだが、澄尾と共に厩に併設された東屋《あずまや》に入るのを見ると、なんとも不機嫌そうな声で鳴いた。

宮烏の屋敷にあるような豪華なものではなく、ただ、日除けにさえなればいいという程度のささやかな東屋だ。

気分とは裏腹に、柱の間を吹き抜け、頬を撫でていく風は爽やかである。椅子にはうっすらと埃が被っており、雪柳の白く小さな花びらが散っている。

軽く払ってから腰を下ろすと、反対側の椅子の背もたれ越しに、こちらを睨むようにしている流星号と、厩にかかるまだ蕾の桜が見えた。

「それで、話とは」

流星号のためにも早く帰りたいと思って急《せ》かすと、その気持ちを見通したかのように澄尾は小さく笑った。

「お時間取らせちまってすみませんね。でも、この間の一件で、ちょいと誤解があるようなんで……。実は昨日、明留がやって来て、頼むからちゃんとしてくれと怒られたんですよ」

明留め、余計なことをと真赭の薄は心の中で行儀悪く舌打ちする。

「……何が誤解だとおっしゃるの」

「どうも、俺が適当な気持ちであんたに告白したと思われているみたいなんですが、俺は俺で至って本気だったと、それだけです」

澄尾は、「じゃ」と義手でない方の手を上げ、さっさと東屋から出て行こうとした。

腰を下ろそうともしない。

早く帰りたいと思っていたはずなのに、真赭の薄は気付けば立ち上がり、「お待ちなさい！」と叫んでいた。

「あなたのその、己の中で全て完結してしまっているところ、本当にどうかと思いますわ」

全く以て、弁明が弁明になっていない。わなわなと震えるこちらを見て目をぱちくりしている姿に、この男は、本当に分かっていないのだと思い知らされる。

自分の怒りが急にむなしくなり、真赭の薄は心の澱《おり》を体外に排出すべく、盛大に嘆息して見せた。

「分かりましたわ。わたくしも、これ以上あなたのことでもやもやさせられるのはうんざりです。この際、思うところを全て語って聞かせてごらんなさい」

「全てって――」

「全てと言ったら、全てです！」

ややや乱暴な動作で椅子に腰掛け直せば、澄尾は困ったように苦笑し、ゆっくりとその向かい側に腰を下ろした。

「……じゃあ、本当に最初からお話ししますとね。俺、あんたと最初に出会ったのは、勁草院の入峰《にゅうぶ》資格を得た後の挨拶の時なんですよ」

覚えていないでしょうと言われ、真赭の薄は必死で記憶の底をひっくり返した。

かつては毎年、西領において峰入《みねい》りの試験を突破した者に対しては、御簾《みす》越しに言葉をかけるようにしていた。真赭の薄が澄尾を初めて認識したのは、彼が勁草院を首席で卒業したと聞いた時のことだから、それ以前は大勢のうちの一人という感覚しかなかっただろう。

「ごめんなさい。覚えていないわ」

「でしょうね。その時、あなたは我々に、大層な訓示を垂れてくれたんですよ」

曰《いわ》く、自分は将来、金烏の妻となる運命にある。金烏の護衛となるあなた達とは、浅からぬ縁があるということだ。どうか、未来の夫のためにも、よい山内衆となって欲しい、と。

「そりゃまあ、ご立派な態度で」

「……確かに言いましたわね」

今となっては赤面ものであるが、当時、自分は奈月彦《なづきひこ》の正室になるものと疑っていなかった。こう言え、と大人達に言い含められたわけでなく、真赭の薄自身が思うところを口にしていたのだ。

「当時、あんたは十歳ちょっとくらいでしたかね。それでまあ俺は、『こりゃ、とんでもなくおめでたい姫さんだ。これじゃあ奈月彦も苦労するな』と」

「ちょっとお待ちになって」

また、咄嗟《とっさ》に声が出た。

なんですか、と澄尾はきょとんとしているが、真赭の薄からすれば、どうして澄尾がそんな顔を出来るのかが分からない。

「おめでたい姫さん……？　それが、わたくしに対する最初の印象でしたの？」

「はい、そうです」

この男、悪びれもせずに即答した。

あの頃の言動は、確かに自分でもどうかと思うが、流石《さすが》にそこまで言われるとは思わなかった。納得がいっていない風の真赭の薄を見て、「いや、だってそうでしょ」と澄尾は呆れたように言う。

「控えめに言ってもあの頃のあんた、完全に頭に花が咲いてましたよ。奈月彦の妻になるって信じて疑ってなくて、何食ったらそんなに自信家になるのか、こちとら不思議でしょうがなかったんだ。ちらっと御簾《みす》の間からお顔も拝見しましたけどね、まあ、高慢さが今にも鼻から垂れそうな笑顔で、いくら見た目が良くたって、性格がこれじゃあどうしようもねえなって――」

「もういい、結構ですわ。お願いですから先に進めてちょうだい」

すでに疲労困憊《ひろうこんぱい》の真赭の薄に対し、じゃあ、と澄尾は平然と続ける。

「それからしばらくして、奈月彦の護衛として手紙の仲介をするようになってからも、あんたへの印象は変わらなかった」

桜花宮《おうかぐう》へ、奈月彦の正室候補として四人の姫が登殿《とうでん》したあの頃のことは、真赭の薄にとっても忘れられない思い出となっている。

澄尾は一度、真赭の薄付きの女房である菊野《きくの》から「若宮は真赭の薄をどう思っているか」と尋ねられた。そして、大いに困らされたのだという。

「何せ当時、あんたに対しての奈月彦の評価は『困ったお人』だったからなあ。まさかそれをそのまま言うわけにもいかねえし。咄嗟に真逆のこと言っちまったけど、もうちょい婉曲《えんきょく》に『根性叩きなおさないと無理』と伝えてやった方があんたのためになったかなあと、後になって反省したくらいだ」

しみじみと言われて、真赭の薄に返す言葉などあるはずもない。澄尾の頭越しに、カアーと非難するように流星号が鳴いた。

「……あなた、わたくしのことが好きだったのではないの？」

「いや、まあ、そうなんだけどよ。あの頃は別に好きでもなんでもなかったな。むしろ、奈月彦に同情してたくらいだ」

おかしい。愛の告白をされているはずなのに、ちっともそんな気がしない。

悪びれもせず、好きな相手にこれだけの暴言を吐けるものなのだろうか。この男、本当は自分への嫌がらせのために告白したのではなかろうかと、半ば本気で考え始めた時だ。

つと――澄尾の雰囲気が変わった。

「印象が一変したのは、あんたが、奈月彦を袖《そで》にした後のことだ」

初めて、奈月彦が正式に桜花宮へやって来た日、真赭の薄は奈月彦から求婚された。そして自分の恋が、永遠に成就することはないと悟ったのだった。美しいと評判の、自慢だった長い髪をばっさりと切り、浜木綿付きの女房となった時、それを出来た自分を誇らしく思ったことを覚えている。

「衝撃だった」

ぽつりと、まるでひとりごちるように澄尾は呟く。

「八咫烏《にんげん》、ここまで変われるものなのかと、本当に度肝を抜かれた」

再会は鮮烈だった。

当時、真赭の薄が自ら髪を切ったという、その噂だけは耳にしていた。半ば信じられず、むしろ、高慢が裏を返したのかと、面白がるような気持ちで会うのを楽しみにしていたのだ。

「悪趣味なこと」

「俺もそう思う」

澄尾は軽く苦笑した。

「でもな、誰に憚ることなく顔を出し、俺のことを睨みつけて来たアンタは、そんな侮《あなど》りを粉砕するほどに、たまらなく美しかったよ」

ふわふわと夢見がちだった瞳に、理性的で苛烈な光が宿った瞬間、全てが変わってしまったのだ。

目の前の女が、実はとても美しいひとであったことを、殴られたような衝撃でもって気付かされた。

「つくづく、俺の見る目がなかったんだと思い知らされたよ。俺は、あんたのことを見くびっていたんだな。人生観すら変わっちまった」

それくらいあんたは綺麗だった、と、火傷痕だらけの醜《みにく》い顔で、幸せそうに澄尾は笑う。その笑みはしかし、すぐに憂いを含んだ翳《かげ》りを帯びた。

「……本当は俺だって、四家のお姫さまなんて好きになりたくなんかなかったよ。当然だろ。こんな不毛なことってあるかよ」

どうあったって、成就することのない恋だ。さっさと諦めて、楽になってしまいたかった。

だから、真赭の薄の悪いところはないか、嫌うに足る理由はないかと、必死になって探したのだ。

「でも、無駄だった」

何をしたって、変貌した真赭の薄はとびきり美しいままで、自分はこの女にすっかり参ってしまっているのだと、認めないわけにはいかなかった。

「絶望的な気分だった」

風に乗り、遠くの院生達の声が届く。

澄尾の声は静かだった。

「俺は何も持っていない。富も名誉も身分も、本当に何もない。あんたに差し出せるのは、この気持ち一つだけだ」

当然、気持ちを告げるつもりなどなかったのだと彼は言う。

真赭の薄が健やかに生きてさえいれば、自分はそれで幸せなのだと、本気で思い込もうとしていた。自分の思いを押し付けることも叶わないならば、この気持ちは自分の中で絞め殺し、気配ひとつ悟らせることなく、ただ彼女のため、自分に出来ることは全てして、幸せになった姿を見て満足しようと思った。

「傲慢《ごうまん》な考えだし、つくづくあんたに失礼な話だ」

吐き捨てて、澄尾は皮肉っぽく笑う。

「単に正面切ってぶつかっていく度胸がなかっただけなのに、あんたのためだってお題目を唱えながらこそこそ動いて、ささやかな自己満足に浸っていたわけだ」

気持ち悪いだろ、と澄尾は顔を上げ、からりと自嘲《じちょう》する。

「結果は知っての通り。空回りもいいところだ」

どうしたら、自分は真赭の薄を諦めることが出来るのか。

必死になって模索している最中、禁域への扉が開かれ、澄尾は山神の呪いをその身に受けた。

「……あんたに助けてもらって、俺は幸せだった」

ささやくような澄尾の声が、少しだけかすれる。

「それで満足出来れば良かったのに、もう、自分は死ぬんだと思ったら、ついつい欲が出ちまった。覚悟を決めていたはずなのに、いざああなってみると、やっぱり死ぬのは怖かったし、まだまだ生きて、あんたと少しでも一緒にいたいと思っちまった」

——手を、握ってはくれますまいか。

死の淵を彷徨《さまよ》いながら、搾り出すように言った澄尾の声。

あの時ようやく、この男が今まで何を思っていたのかを真赭の薄は知ったわけだが、後で己は助かったと分かった瞬間、澄尾はこれ以上なく後悔したのだと言う。

「あんな状態で、言うつもりはなかったことを言って、あんたを傷つけちまった。しかも、俺を助けたせいで山神のところに行かなきゃならねえって言うし、これなら、潔《いさぎよ》く死んでいた方がマシだったとさえ思った」

でも、あんた、自分が何を言ったか覚えているか、と澄尾は堪えきれなくなったように、くつくつと笑った。

必死に行くなと叫ぶ澄尾に対し、真赭の薄は破顔一笑して、こう言ったのだ。

『男は引っ込んでいなさい』、と。

「それを言われた途端、すげえ、と思った。感動した。それで、えらくほっとした」

「は……？」

自分のみみっちい思惑なんか、この女には通用しない。自分がどんなに姑息なことをしようが、自分がどんなに汚い手段を取ろうが、この女が揺らぐことはない。

「俺が何をしても、あんたが損なわれることはない。そう悟って、安心した」

何と言ってよいか分からない真赭の薄を見て、澄尾は喉の奥を震わせる。

「惚れ直したってことさ」

——遠くで鳥が鳴いている。

東屋の一歩外には春の光が溢れ、そよぐ風を受けて、厩の脇に植えられた雪柳が、白く豪奢《ごうしゃ》な花を重たげに揺らしていた。

気を取り直すように息をつき、澄尾は残った腕で自分の太ももをパン、と叩く。

「だから、構わねえって言ったんだ！」

真赭の薄が、澄尾の気持ちを聞いても、揺るがないことはとっくに分かっていた。

彼にとってあの告白は、臆病だったかつての自分に対するけじめであって、真赭の薄に袖にされることは、最初から織り込み済みだったのだ。

「そういう意味じゃ、あんたに文句言われても仕方ないんだけどな。でもそれは、あんたに対する気持ちがいい加減だからってわけじゃねえ。それだけは分かって欲しい」

そういえばそういう話だったと、真赭の薄は我に返ったように思い至る。

「それはもう、分かりましたわ」

なんだか、ひどく動揺している自分がいた。

「……でも、だからと言って、あなたへの答えが変わるわけではなくてよ」

思いのほか強い口調となってしまったが、それを聞いた澄尾は余裕綽々《しゃくしゃく》といった態度で言い放った。

「ああ。だから言っただろ」

構わねえよ、って。

「……そう言えばあなた、流鏑馬が上手かったそうね」

流星号を厩から引き出しながら言うと、澄尾はそりゃな、と頷いた。

「これでも、勁草院は首席で卒業しましたからね」

「一度、見てみたかったわ」

もう無理だと分かっているからこそ、誰よりも上手いと、他ならぬ千早が言うそれが見られないことが、余計に惜しく感じられた。

しかしそれを聞いた澄尾は、じゃあ、と何でもないことのように言った。

「いつか、見せてやるよ」

あまりにあっさりと返された返事に、真赭の薄は目を見開いた。何か聞き間違えたのかと思ったが、本人は至って真面目な顔をしているし、気安めを言っているようでもなかった。

「そんなこと、出来るの」

「流石に、今すぐってわけにはいかないけどな。やってやれねえことはないだろ」

大体、今日もここまでどうやって来たと思ってる。院生に馬になってもらって、自分は騎乗して来たんだぞ、と難なく言われ、真赭の薄は、心のどこかにあったしこりが、ぽろりと落ちたのを感じた。

そうか――それが、出来るのか。

「何より、あんたが見たいって言うんだ」

これで出来なきゃ男がすたる、と澄尾は快活に言ってのける。

今更になり、失くしてから一年もしていないのに器用に動く、彼の左半身のわけがようやく分かった気がした。

きっとこの男は、ものすごい努力家で、我慢強い八咫烏なのだ。それでいて、一切そういうところをひけらかさないから、よっぽど注意して見ない限り、周囲の八咫烏は彼のすごさを知ることは出来ない。

ふと、澄尾が言った言葉を思い出す。

この男は、自分が捧げられるのは心だけなのだと言う。

だが、それこそが真赭の薄にとって、この世で何よりも欲しかったものではなかったか。

まじまじと、隣で鞍《くら》を整える男の顔を見つめる。何度も何度も見ていたはずなのに、今、初めてこの顔を見たような、どこか新鮮な気持ちがした。

「……あなた、存外にいい男だったのね」

思ったことがそのまま口からこぼれ落ちた。それを聞き、面食らったような顔をした澄尾は、次の瞬間には弾けるように噴き出した。

「やっとお気づきなすったか！」

そして、顔一杯の火傷痕をくしゃくしゃにして、まるで向日葵《ひまわり》のように笑ったのだった。

諦めましたよ　どう諦めた　諦め切れぬと　諦めた

外唄より　初代　都々逸坊扇歌

あとがき

八咫烏シリーズ第一作の『烏に単は似合わない』が世に出てから、すでに八年が経過しています。構想期間を含めると作者である私は十年以上この山内の物語と付き合ってきたわけですが、これだけの期間、同じ物語と向き合っていると、長編の中には収まらない小さなエピソードがぽろぽろ生まれてきます。

主要人物達は、本編では語られていない時間軸でもちゃんと生きて生活しているわけで、その隙間時間に目をやれば、大きな物語では余分となるようなエピソードが山ほど見つかります。

また、ちらっと出て来たキャラクターにも彼らなりの人生と信念があり、彼らを中心にして世界を見れば、本編とは全く違った物語が生まれてくるわけです。

本作は、そうしてぽろぽろと生まれた八咫烏シリーズ外伝を集めた短編集になります。

個々の短編は小説誌「オール讀物」に年二回のペースで掲載させて頂いたものですが、書いた順番と収録順序は大きく異なります。執筆当時は次作のネタバレへの配慮や本編を進めるための要素を優先して題材を選んでいたので、後になって気付かされた点もあったのです。

とある一編では、某青年の恋心を第一部最終巻の『弥栄《いやさか》の烏』の伏線として出したつもりでした。ところが――今考えれば当然なのですが――八咫烏シリーズの読者さんの全てが「オール讀物」で短編を読むわけではありません。当然、単行本派や文庫派の方もいらっしゃるわけでして、そういった方はその短編よりも先に『弥栄の烏』を読むことになってしまいました。恋愛描写が唐突に感じられてしまった方も多かったであろうと思うと、非常に残念に感じております。

しかし今思うと、その反省が契機となり、短編集第一弾の『烏百花』は恋愛関係でまとめていくという方向に舵を切って行った気がします。

一冊の恋の物語として、出来る限り読者さんに楽しんでもらいたい、気持ちよく読み終えてもらいたい、と検討に検討を重ねて決まった収録順序です。読み終えた皆さんが少しでも楽しんで下さっていたら、本当に嬉しく思います。

ところで、既に読んで下さった方はご承知の通り、「ゆきやのせみ」はただ雪哉が蝉を食べるだけの話です。個人的に、この本の中で「ゆきやのせみ」はかなり大事な役割を担ってくれていると思うのですが、他の作品と比べると明らかに異質なので「命がけの恋のストーリーの中にどうして『ゆきやのせみ』が紛れ込んでいるんだ？」と困惑された方もいらっしゃるのではないでしょうか。

先述したように、主要人物達は本編以外の時間軸でもちゃんと生きています。「ゆきやのせみ」で描いた『黄金《きん》の烏』と『空棺の烏』の隙間は、特に雪哉と若宮と澄尾による珍道中エピソードの宝庫でして、もし八咫烏シリーズが水戸黄門のような形で長期化出来る機会にめぐまれたなら、あの時期をクローズアップしたいと考えていたくらいでした。

容赦なくストーリーを進めてしまった今となっては、もう絶対に出来ないことですね。でも、ある時に若宮と雪哉が雨の山中で仲良く膝を抱えて雨宿りしているシーンが思い浮かび、それだけはどうしても形にしておきたいと思ったのです。

大きな歴史の流れの中では語られませんが、彼らには何気ない時間を共有した時代があり、たとえこの先に何が起きようと、そうした過去が変わることはありません。ある意味そうした時代の象徴として、第二部が始まる前に「ゆきやのせみ」を本に収録して出せたことをとても幸運に思っています。

さて。「オール讀物」での短編掲載は細々と続けさせて頂いており、現在（二〇二〇年九月時点）では単行本未収録の短編が「あきのあやぎぬ」「ふゆのことら」「なつのゆうばえ」「はるのとこやみ」「ちはやのだんまり」と計五作出ております。いずれ『烏百花』第二弾としてまとめて頂けるかもしれませんが、いつになるのかは未定です。本としてまとめられた時に違和感がないようにという前回の反省は生きていると思うのですが、それと同時に、小説誌で発表するタイミングだからこその楽しみ方が出来るようにという意図もあって題材を選んでいます。そうした、言われなければ分からないレベルの作者のこだわりにもしご興味があれば、そちらも手に取って頂ければ幸いです。

最後になりますが、八咫烏シリーズがここまで来ることが出来ましたのも、応援して下さった皆様のおかげです。本当にありがとうございます。『烏百花　蛍の章』は、第二部、『楽園の烏』に続きます。少しでもお楽しみ頂ける形でお届け出来るよう力を尽くしますので、どうか今後ともよろしくお願いいたします。

阿部智里

文春文庫

烏百花《からすひやつか》 蛍《ほたる》の章《しよう》

定価はカバーに表示してあります

2020年 9 月10日　第 1 刷
2024年10月 5 日　第 3 刷

著　者　阿《あ》部《べ》智《ち》里《さと》
発行者　大沼貴之
発行所　株式会社 文 藝 春 秋

東京都千代田区紀尾井町 3-23　〒102-8008
TEL 03・3265・1211㈹
文藝春秋ホームページ　https://www.bunshun.co.jp
落丁、乱丁本は、お手数ですが小社製作部宛お送り下さい。送料小社負担でお取替致します。

印刷・TOPPANクロレ　製本・加藤製本　Printed in Japan
ISBN978-4-16-791555-1

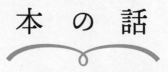